镜子里的中年

刘颗颗 著

南方出版传媒
花城出版社
中国·广州

图书在版编目（CIP）数据

镜子里的中年 / 刘颗颗著. -- 广州：花城出版社，2021.5
ISBN 978-7-5360-9320-1

Ⅰ. ①镜… Ⅱ. ①刘… Ⅲ. ①随笔－作品集－中国－当代 Ⅳ. ①I267.1

中国版本图书馆CIP数据核字（2021）第049408号

出 版 人：肖延兵
责任编辑：周思仪
技术编辑：凌春梅
封面设计：介桑

书　　名	镜子里的中年 JINGZI LI DE ZHONGNIAN
出版发行	花城出版社 （广州市环市东路水荫路11号）
经　　销	全国新华书店
印　　刷	佛山市迎高彩印有限公司 （佛山市顺德区陈村镇广隆工业区兴业七路9号）
开　　本	880毫米×1230毫米　32开
印　　张	8.25　1插页
字　　数	170,000字
版　　次	2021年5月第1版　2021年5月第1次印刷
定　　价	49.80元

如发现印装质量问题，请直接与印刷厂联系调换。
购书热线：020-37604658　37602954
花城出版社网站：http://www.fcph.com.cn

情疏迹远只香留

（代序）

张 欣

一个人年轻的时候会有若干初见或初心，总是朝露般温柔美好。尤其是女子，会闪现珍珠一样的光芒。

然而三十岁一过，朝露干枯化作灰烟，这都罢了，选择世俗生活本无大碍，只是玫瑰般的曾经徒然成为一个笑柄，那时我们年纪小，少不更事尽招摇——就算文青的标识是一枚勋章，都挡不住那种从高处光速坠落的幻灭。

我与颗颗的相遇、相识、一起做公号直到相知，其中固然包含着许多偶然，但有一点我们是相通的，那就是在风华已过的中年，仍旧相信我们可以葆有心灵上的清泉。这也是她真正打动我的地方。

这让她身上有一种天然。

比如她对物质的欲望，任人都会动心的时候她不动心，对于世事沧桑的痛心疾首，在别人动情的时候她不动情。这应该是文青构成的基本要素。

她写作时的情绪是克制的内敛的，所表达的也是神经最末梢处的触动。

比如她文中所写到的母亲，寸草春晖，都蕴含在看似平常的生活琐事中，像剥毛豆切豆腐之类。母亲在她的文章里还是壮年时的样子，她的文字让记忆超越了时间。

我是在一个读书会上认识颗颗的。

高个，长发，没有多余的表情。深交之后发现她冷静、克制、敏感、勤勉，非常害怕变老和油腻，偶尔也会不计得失地任性。

但是更多的时候她真诚、付出、有耐力。比如她参加摄影社团的活动，都是半夜起床对着漆黑的夜空等待，她也极少谈辛苦和不易，而是只谈发现或完成时的美好。她喜欢的东西多样，如读书、唱歌、弹琴、摄影，无一不是为了寻找滋养自己的清泉。

颗颗出生在江西，学习的是财会专业，她凭借个人努力，在工作中已小有成绩，本来她可以从此停下来岁月静好，但她却选择了写作这条寂寞又没有多少回报的路。

不知算不算文青这个称谓耽误了她，从此庸常是路人。

每个女人都会遭遇中年危机，那是一种深刻的无奈与失落，红颜不老乘风破浪只是我们心底无从实现的嘉年华。然而哪怕我们身处烟火丛生的境地或者被恶俗的风尚裹挟，其实都可以给自己的内心留有一席之地，美好而宁静。

一豆微光，一丝淡香。

是为序。

目录

middle age
in the
mirror

一　夏日漫长

洗车和钓鱼　/　003

电热水壶坏了　/　006

治牙记　/　010

夏日漫长　/　013

年廿八，洗邋遢　/　015

又见年橘　/　018

觅食的野猫　/　021

女朋友　/　025

幸福树　/　029

你的名字　/　032

镜子里的中年　/　035

喝茶　/　038

人生就是一段旅程　/　041

过山车　/　044

生活会厚待努力的人吗？　/　047

目录

middle age in the mirror

二 嗨，你好

从雪绒花到半个月亮 / 053

Remember me / 056

车里的"乌兰巴托之夜" / 060

失 声 / 063

嗨，你好 / 066

我们的田野 / 069

我们要去香港唱 / 074

坐下来吧，泰姬陵 / 084

星星之约 / 087

布罗莫的咖啡 / 090

一匹马、一棵树 / 093

像星星一样的朋友 / 096

冬天里的小火车 / 099

人生就如在薄冰上跳舞 / 102

辜 负 / 105

云游四海 / 109

一个人在沙漠消失了 / 112

目录

middle age in the mirror

三 没有人能将我扔进黑暗中去

上坡，下坡，意外坡 / 117

没有人能将我扔进黑暗中去 / 122

每个人心里都有一个雪窗 / 125

自己，另一个自己 / 128

有如走路的是枝裕和 / 132

在掌心捂热过的声音 / 135

《昨日奇迹》：这一生所为何来 / 144

我们总是和当下擦肩而过 / 148

相爱未必可以沟通 / 151

以放弃的心态度过一生 / 154

蝴蝶的翅膀 / 158

侦探女王的日常 / 161

皇后乐队：那一刻我无所畏惧 / 167

于佩尔：年过六旬的少女 / 174

目录

middle age
in the
mirror

四 被春天唤醒的人

零食 / 181

牛牛的六一 / 184

夜半钟声到客船 / 187

我爸爸戒烟了 / 191

春天与糯米粉 / 194

陌生的洋葱 / 198

豆腐的存在价值 / 201

十八个秋老虎 / 205

切黄瓜的仪式 / 208

我想说的不是秋葵 / 211

剥毛豆 / 214

和舅舅告别 / 217

我在埃及买口罩 / 223

和小学生一起宅在家 / 229

能上班太好了 / 233

荠菜饺子包菜头 / 237

寄口罩 / 240

被春天唤醒的人 / 245

我们的饭碗 / 249

来,关心粮食和蔬菜 / 252

一　夏日漫长

洗车和钓鱼

家住南湖,是老城区眼里的乡下地方,但乡下也有乡下的好。一进南湖区域,山色水汽让人的眼睛陡然就湿润了。另外,洗车也便宜,价格是市中心的二分之一甚至三分之一。

我常去洗车的地方,与南湖只隔一条马路。工人洗车的时候,我就去对面马路上走一走。

车行正对着的南湖只是南湖一个不起眼的角落。隔出一块水面的钓虾场和湖边的几畦菜地,让这片南湖拥有一丝农家乐的气息。

洗车一般在下班时分,正是黄昏,湖上的天色渐渐变成浅黄、橘红,而湖水通常是平静的,湖面上影影绰绰的树影,衬着近处的青山,令人有些许寂寞的感动。

我通常只在人行道上走一走,因为要走到岸边,须沿一条坑坑洼洼的土路,再穿过树木和杂草,才能到达。而南湖不是商业区,路上走动的人不多。我犹豫过几次,始终不敢下去。每次就只在路边,看看三两个垂钓大叔的业绩。而大叔坐着纹丝不动，从来没有回过头。

我看会儿山，看会儿水，再看看大叔的钓竿，期待大叔突然站起来，手上的钓竿连带着一条鱼儿跃出水面。但这样的情景从未出现，也许观战的时间只有一个洗车的时间是不够的。

其实我不是钓鱼爱好者，记得第一次看人钓鱼，还是高中时期的一个暑假。

那天没有风，有点热，刚出院子大门，就遇到了一个男同学。我还记得当时他的发型非常古怪，头发被铲得坑坑洼洼的，有几块地方，短得几乎能看到头皮。难道是他考得不好，被家里人修理了？我同情地看着他的头。

他抓了抓自己的头发，对我说："昨天上街，有个理发馆在做免费活动，估计是专门给学徒练手的，不收钱。我进去理了个发，之后，他们说，等我头发长一点，再过来修一修。"

他接着又说："我准备去江边钓鱼，刚去亲戚家借了根钓鱼竿。一起去吧。"

我居住的城市，有一条赣江从中流过，我家就在赣江附近。我们经常去江边散步，江边也常有人钓鱼。

记得那天坐在江边看了很久，钓竿纹丝不动，没有一条鱼上钩。男同学站起身来检查钓饵，手一松，钓竿滑入了水中。他马上挽起裤腿，下到水里摸。

这么多年过去了，男同学摸了多久才摸到钓竿，已经记不清了。我只记得他参差不齐的头发，以及趴在水面找钓竿的样子。

之后，大家各自求学求职，不复联系。

我在广州的南湖住了也有十年了,每次洗车,是最有时间围观垂钓的时候,只要有人钓鱼,我就会过去看看他们的收获,可是除了桶里零星的几条小鱼,一次都没看到钓竿带着鱼儿高高扬起。

或许我要自己备一根钓竿了。

电热水壶坏了

周六的早上,我像往常一样,用电热水壶烧水喝。然而过了一分钟,水壶里的水仍然没有一点要沸腾的样子。

把水壶在底座上转了几个角度,期望这样可以"打着火",但无论是水壶还是水依然悄无声息。

电热水壶坏了。

我拿起手机,打算买一个新的电热水壶。如果在11点前下单的话,当天应该可以收到。

用购物App搜索"电热水壶",各式各样的水壶冒出来了,源源不断地好像没有尽头。

好在电商永远在过节,贴心地做了"咖啡茶饮电器选购攻略",我想,在攻略里面选一个,应该能省点时间吧。

可是攻略的分类令人疑惑,"精选"和"品质"被分成了两个类别。本以为有品质的物品都是精选出来的,是一回事,但在电商眼里,显然我还是过得太粗糙了。

点开"品质榜",出现了"文艺生活典范""格调小青年""时髦养生党"等六个小组。再继续往下点,每个小组里面,又是长长的一串水壶。

我放下手机,看来今天11点前是下不了单了。即使只是买个水壶,电商也在提醒我思考"我要成为什么样的人"这样的哲学问题。

这天的早餐是饺子。吃完早餐,我倒了一碗饺子汤当热水喝,边喝边刷手机。原来我一直用惯的电热水壶属"老干部"级别,不锈钢的外壳,除了烧开水没有任何附加功能,处于水壶界生态链的底端。

是时候提升喝开水的级别了,在"文艺生活典范"和"时髦养生党"之间,我徘徊了很久。

电热水壶的生态圈里,如果只是烧开水泡枸杞,还只是个"老干部"。有品质的养生至少从煮养生茶起步,像现在夏天到了,可以用金银花配上枸杞,用玻璃电热水壶来煮,植物的精华在水汽中肉眼可见。

今年春天连着初夏一直潮湿,确实要煲个茶祛湿才好。我姐每次见面都说我湿气重,脾虚。接下来她一定会说起她看了两年的中医,定期煲中药,健脾祛湿成功。作为中医养生的成功者,她对于自己的专业知识非常骄傲。

可现在要解决的是基本的民生问题,煲中药和煲水好像不能用同一个煲吧。

还没决定买哪款水壶,口又渴了,没有开水,我喝了一碗热牛奶,为了养生,喝之前在微波炉里加热了一下。所以当务之急还是能文艺地喝上一杯热水。

现代商业的成功之处,是可以用商品来解释一切不好定义的概念。电热水壶的文艺范首先表现在外观上,有美系、德系、日系等不同审美风格的商品,颜色也有粉红、粉绿等各种马卡龙色,甚至还有裸色。

我看中了一款德国产电热水壶,壶身正中装了一个圆形的指针温度计,指针转到100摄氏度时,就表示水开了。我很喜欢这个复古设计,可惜颜色只有蓝绿色。在小家电的颜色选择上,我很认同苹果教主乔布斯的观点,黑与白才是永恒的颜色。

刷手机不知时日过,终于明白了为什么没有选择就是最好的选择。好在是周六,还有整个下午解决这件事情。我决定打开电热水壶,看看到底出了什么事。

先检查壶身,里外均无恙。那问题一定出在底座上。搬出工具箱,用手机搜索"怎样修电热水壶"。手机真是我们这个时代最伟大的发明,拯救了我这样没有专业知识的人。

有一篇文章的作者记录了修水壶的整个流程和细节,另外,他还抱怨了一下收费太低。作者在文中说,有一次,一个中年妇女拿了个电水壶过来修,他打开一看,不是大问题,讲价十元修好。过了一会,中年妇女的丈夫过来了,硬把维修费从十元砍到五元,还责怪老婆太笨。修水壶的作者忍痛收下了五元钱,在文末哀叹,农村的小家电维修生意不好做,客户不肯给钱,有时连两元钱的小生意都要接。

这篇文章连留言我都通读了一遍,居然没有人感谢作者透露了电热水壶维修的核心技术，全是一些乱出主意的读者："他不给十元，你就不要修。""告诉他修不了了，叫他去买个新的。"还有一个维修界的翘楚留言："年收入十五万元的飘过，我修的都是大家电。"

骄傲的人啊，我摇摇头，用梅花起子把底座的四个固定螺丝拧下来。掰开底座，加热器、温控器、导板、管线都好好的，不需要焊接。太好了，否则要去哪找个焊枪呢？又得回到开始，在电商的网站搜索焊接工具了。

仔细端详之后，我大胆地判断应该是接触不良的问题，金属簧片可能有点氧化了。找来几根棉签，用剪刀把它们剪成两半，把底座内外擦了好几遍。

装好水，通电，不一会儿水壶响了，水蒸气冒了出来。

我内心对自己非常非常满意，真想告诉朋友们："今天我修好了电热水壶。""请给我点赞，热情地给我留言吧。""你才是真正的文艺生活典范。"

然而我忍住了，没有在朋友圈发一个字。

治牙记

本来七月初就要去洁牙的，拖到八月才去。轮到我的时候，已经11点40分，年轻的女医生心里很急，手上的活不自觉地就快了。一通吱吱嘎嘎，不到12点已经做完了。接着她拿过一个有两排洁白牙齿的塑料大嘴，跟我说明，牙刷刷不到的地方，容易牙龈萎缩。如果牙龈萎缩严重的话，年纪大了牙齿会掉，建议做一次牙周治疗。话音未落，我已在医生的示意下，手拿病历本站在了走廊上。

想起前年见过的一个老人，八十多岁了，没有牙。到了饭点，她女儿拿出一个搅拌器，把米饭、青菜、肉全部倒进搅拌桶里一起打碎，然后端出一碗不明所以的糊糊给她妈妈吃。一头白发的老人就坐在我们面前，一口口地吃完了。

想到这碗糊糊，我赶紧到护士那里预约了牙周治疗的时间。

治疗这天我提前到了，有个孕妇正在做检查。进去的时候，听见医生跟她说，月份太大了，怕出危险，建议她去妇科医院的口腔科治疗，万一要生产了，还可以马上采取措施。孕妇哀求了一会儿，说是牙疼得晚上睡不着，一疼就宫缩。医生一听更坚定地拒绝了她，叫她赶紧去妇产科。孕妇只好拿着病历本，摇摇晃晃地走了。

一个有病的人是多么无助啊，即使只是牙疼。

轮到我治疗了，医生拿起针筒，要打麻药。我看着那根长针，内心很恐惧，很想马上跳下治疗椅，扯掉一次性的围嘴就走，何况中午还约了喝鲍鱼土鸡汤。于是，我跟医生请求先去喝个汤，下午再来。医生说："今天先做右上面的牙齿，治疗过后半小时就可以吃饭了。"然后又要打麻药，我本能地想用手挡住长针。医生面无表情地说："把手挪开。"我仿佛听见了他内心的冷笑："你这样子的人我见多了。"

长针准确地扎进了我的牙床，医生还在一边配音："会有点疼噢。好的，这边打完了，边上还要再打一针，可能会更疼一点。马上就好，嘴张大一点。"

打完麻药以后，半边嘴木了，一点感觉都没有。

人为刀俎，我为鱼肉。只能把自己的背紧紧地贴在治疗椅上。这个医生很严谨，领口用一枚文件夹子夹得紧紧的。夹子是粉红色的，牢牢地卡在医生的脖子深处。我看着这枚粉红夹子，想到了正在上映的电影《十里桃花》，男主女主要是张开嘴，一口烂牙，估计观众的喜爱程度会直线下跌。

不过，古代人的人均寿命才四十岁，大家谈婚论嫁的时候不过十几岁。像林黛玉进贾府的时候只有十二岁，那个年纪正是明眸皓齿的好年龄啊。所以说，不光是出名要趁早，谈恋爱也要趁牙好。

　　半个小时以后，医生给我写病历，交代我还要来三次。为什么不一次治完呢？医生说，怕你受不了。也就是说，这长长的麻药针，我要眼睁睁地看着它扎进嘴里四次。

　　以前，从来都以自己有口整齐的牙齿，没有一颗虫牙而自豪。现在才意识到，即使一颗牙齿都没坏，它也有可能会掉。假以时日，没有时间办不到的事情。

　　一叶知秋，有些人感觉到年龄的压力是从白头发开始的，而我是从牙齿开始的。

夏日漫长

春分以后，白天变长了。夏至，据说是北半球白天最长的一天。由于北回归线从广州的北部穿过，即使过了夏至，白天还是那么长。

有时在办公室待到傍晚7点，看一眼窗外，天还没有黑下来，好像还没到回家的时间，有一种赚到了的感觉。

也许单纯地畏惧黑暗，对光亮感到安心是动物本能。

再想想，应该还和玩耍有关。人和鸟一样，天黑就想归巢，但只要天还亮着，就可以愉快地玩耍。

记得小时候最喜欢玩的游戏是"一二三，我们都是木头人"。院子里，在"我们都是木头人"的口令声中，我和小伙伴们寻找着最佳位置，四散奔逃，等最后一个字音落下，就不能动了。定住了的小身体因为急刹车还在左右晃动，我们咯咯笑着，尽量保持着身体平衡。

这样的游戏玩了一遍又一遍，乐此不疲。一直到天黑透了，有萤火虫在院子里飞着，一闪一闪。

夏天是一个让人愉悦的季节，可以穿着短短的衣服，皮肤裸露在外，没有束缚，没有负担，随心所欲地奔跑。

可能这就是我喜欢夏天的原因吧。

如果不用上班谋生，不管是三十岁，还是四十岁，一到夏天的傍晚就互相呼唤着，下楼去院子里玩游戏，那该多好。

今年的夏天又如期而至，白天的时长一如既往令人欣慰。喜欢白天的人应该都是些勤快的人儿，白天变长了，还意味着可以多做一些事情。

假如住在乡下，可以在天黑之前把菜地都浇一遍，然后在院子里吃晚饭。小狗旺财刚刚冲过凉，甩着水珠，跑到桌边讨肉吃，勤快人一手拿着一把大蒲扇，一手端着一个大碗……可以一直吃到星星都出来。

住在城里的人们，没有菜地，这样的傍晚适合出来约会。

就像夏至过后的这个下午，朋友约我一起看粤语话剧《长恨歌》。看完之后，天色尚早，我们从广州大剧院出来，沿着小路散步。

两个朋友走在前面，其中一个说："今天我写完了一篇稿子，又改了两篇稿子才出来看话剧，感觉特别放松。"说着话，我们路过广州图书馆广场，有背着包的人匆匆走过，也有人在路边的长椅上坐着聊天。那时，夕阳的光线透过云层，再透过树影，落在地面，形成一个个模糊的光斑。

这是个"日长如小年"的夏日傍晚。

年廿八，洗邋遢

内心一直有一个疑惑，为什么北方人是"二十四，扫房子"，而广州人却是"年廿八，洗邋遢"，整整晚了四天？

百度，无果。此其一。

其二，收拾屋子这样的事不是平常就要做吗？该扔的东西不必等到年跟前才来扔啊。

周六在家里准备年前大扫除，环顾四周，发现没有什么要收拾的地方。家里保持干净的秘诀之一，就是不要买太多东西积灰。这几年断断续续扔了不少旧物，连抽屉都彻底收拾过。一度觉得自己的整理水平很高，可以凭教人收纳致富了，还拍了照片发给朋友看。

朋友说："你还想收费呢，你扔别人家的东西小心被人打。"

从小我就是个爱收拾的人。

小时候住我爸单位宿舍，记得读高中的时候，姐姐去念大学了，平生第一次，我拥有了一个自己的房间。

高中女生没有钱又想尽力修饰这个小小的独立空间，想了很多办法。先是搬了一对从客厅淘汰的单人沙发,然后从杂物间拖出一个闲置的木头碗柜,用螺丝刀把两扇门拆了,又用砂纸仔细打磨拆除合页后留下的小眼。新书架擦干净以后放在我的小房间里,像是量身打造一般的合适,任谁都想象不出它的前身是用来搁碗碟的。

我爸妈对碗柜突然变成书架没有表现出一丝诧异,也没有问过我一个字,我妈管我们的学习已经精疲力尽,其他事她就没精力过问了。

我妈常说:"女孩子的路比男孩子窄,一定要比男孩子更努力。"但我总想方设法地背着我妈看小说。

有一个同学的妈妈是图书馆的工作人员,我就请这位同学帮忙借小说。为了藏书我煞费苦心,有些藏在柜顶,有些藏在我的床底下,还有些藏在被子里。

我在自己的小房间里看小说、做作业、跟我妈怄气,这些事情几乎占据了所有的课余时间,所以很少操心别人喜不喜欢我这样的问题,自然也不会为女生之间的嫌隙烦恼。

从那个时候起,我就模糊地感觉到,一个自在的空间、干净和整齐的生活环境对人的重要性。

后来到了广州工作,有了自己的房子,终于可以不用在床底藏书了,我打算好好规划一下。

刚开始布置房间的时候,一脑袋不切实际的想法,看了很多家居杂志,觉得沙发前面铺上一块地毯应该很惬意,可以坐在上面看书或打电话,于是我也买了一块。用了一段时间后发现,广州这种潮湿闷热的气候根本不适合铺地毯，最后只好把它扔了。

有很多东西，我们以为自己需要，但其实不需要。有一段时间，我总是去逛瓷器店，才一年时间不知不觉买满了一个柜子。收拾屋子的时候，有些碗碟的盒子都从来没有拆开过。找了一个周日，我一件件拆开看，留下自己要用的，其余的碗分送给了朋友。

如果说上一代人是因为物资匮乏、缺乏安全感而囤积物品，到我们这一代，已经不需要囤积物品了，却仍然喜欢不停地买，还是因为对物品有依赖。

梁漱溟先生曾说："人一辈子首先要解决人和物的关系，再解决人和人的关系，最后解决人和自己内心的关系。"

对我来说，第一条已经很难解决，更不用说往下走了。

如果有一天，我们只需要少而珍贵的东西就生活得很好，那一定是内心丰富完整，而且也不焦虑了。

年关将近，比起大包小包地往家搬年货，洗邋遢、清理杂物，包括扔掉心里面沉积的杂念，其实更重要。

又见年橘

每当我家对面马路的人行道上摆出年橘来卖的时候,也就是说,还有八九天就要过年了。

广州人的年橘就像西方人的圣诞树一样,家家户户都要摆上一盆才有过年的气氛。

有些性急的人早早就把年橘买回了家,而我们这些要上班的人,常常要到年跟前才有空专程去买。

大年廿八、廿九才买年橘,老板为了早点收档有可能会优惠一点,但更大的可能是,"头发浓密"的橘子树都被买走了,余下的都是"头发稀疏"的。

买到稀疏的年橘还是可以补救的,因为总归要在上面挂利是封,那就在单薄的地方多挂几个利是封。

通常我会在其中一个利是封里放几枚硬币,还会用红纸把花盆包一包,这么一打扮,一盆喜气洋洋的年橘就在我家客厅里等着过年了。

单位买的年橘通常比家里的大很多,树枝能伸到天花板,一般的车装不了，就要提前跟花商订好，花商会雇敞篷的货车送过来。我们单位的年橘送过来后，后勤人员装扮一番，过年前的所有工作这才算做完了。

正月里，到处都摆着橘子树，却没有人摘橘子吃。我问过一个广州同事："年橘能吃吗？"他说："能吃啊，就是不好吃。"

我曾经摘过一个年橘尝了一小口，味很淡，确实不好吃。

另一个广州同事阿敏告诉我，她妈妈把年橘摘下来，腌制成蜜饯，这样就好吃多了。

阿敏的妈妈是我知道的唯一腌制年橘的人。她就像有一根金手指，什么都会，不仅腌年橘，还在阳台上种紫苏、养兔子。

我问阿敏："你妈妈是怎么腌年橘的？"

她说："就是放一层粗盐一层柑橘然后再一层粗盐一层柑橘。不过，不是每种橘子都可以腌的，只有金橘才可以。"

她问我，是不是因为最近感冒咳嗽才想起来要腌一点橘子备用的。这倒是提醒我了，咸金橘，有非常好的止咳化痰的功效。

我很多关于生活的小智慧都是来自同事。记得刚来广州时，有一次，跟同事路过一个水果摊。有那种十元一小兜的苹果卖，两个年长的同事各买了一兜，我有点奇怪："卖得这么便宜肯定不会好吃的啊。"同事笑了，告诉我："这种便宜的苹果买回去不是用来当水果吃的，是用来煲汤的。"

后来我用苹果煲过汤，也用雪梨煲过汤。广州同事告诉我，木棉花、霸王花、鸡蛋花都可以用来煲汤。难怪每年到了木棉花开的季节，就会看到公园里有人拿袋子装掉下来的木棉花，带回去煲汤。而长得像昙花的霸王花，我们单位的食堂经常和猪骨一起煲汤，装一大桶，随大家自己舀来喝，清暑解热。

外地人刚来广州生活，可能不习惯广州人的淡。其实不然，广州人只是不习惯说大话，说过头话而已。如果幸福生活有方程式的话，广州人有一套自己的方程式。按照这套方程式生活，不仅清心润肺，还会起到心理按摩的作用。

比如初初买年橘的时候，我只是纯挂利是封，后来同事提醒我，可以在利是封里放几枚硬币，大吉大利之余，也要祝愿来年兴旺发达。

觅食的野猫

常有野猫噌地一下从墙上跳下来，到我们院子里觅食。

有一只白底黑花猫经常在这条路上出没，它的脸以眼睛为界，上白下黑，好像戴了一个黑色的面罩，我在心里给它起了一个名字叫"佐罗"。

第一次注意到佐罗，是去年夏天，几次散步，都见到它卧在树荫下乘凉。有一次，我蹲在它面前，和它对视，看谁先移开视线。佐罗闲闲地看着我，一分多钟后，它把头转过一边，懒得理我了。

自那次后，我觉得我们成了朋友。下次散步，特意带了根火腿肠。晚上9点多钟，它果然在那条路上徘徊。我赶紧撕下火腿肠的包装，放在它跟前。佐罗咬住火腿肠，拖到旁边的草丛，咬了一小口，嚼了几下，若有所思地停顿了片刻，然后迈着轻盈的步伐走了。

整整一条火腿肠啊，我盯了好一会儿，克制住了想捡起火腿肠的冲动。那以后，我和它散步的时候再遇上，彼此都视若无睹。

可是今年春天，大叶榕的叶子落尽了，长满了一树新芽，佐罗再没出现过。

广州的春秋两季很短，直到立了冬，我们仍然穿着短袖散步。有天下楼扔垃圾，听到撕扯叶子的声音，回头一看，是一只白色的小猫咪，自顾自地在垃圾桶旁边扑叶子玩。才几个月大的小白猫，一点都不知道躲人。边上有一只小黑猫，看起来是它的同伴，专注地盯着扔垃圾的人，渴望有食物落下来。

小白猫和小黑猫应该是一个猫妈生的，虽然毛色不同，但脸形一模一样，都是倒三角小脸，眼眶一圈黑黑的，活像常常加班熬夜的样子。

过了几天，我照旧去扔垃圾，看见一个穿运动短裤的中年女子托着报纸匆匆走来。走到近前，她把报纸撕成两半，上面放了两份黏糊糊的东西。

小白和小黑两只小猫可能认识她，踏着小碎步从垃圾桶后跑出来，几步就挪到跟前，一人守一块报纸低头猛吃。

女子见我盯着看，就笑着对我说："家里今天吃鱼，剖出来的鱼肠鱼肚，拿过来给它们。"

原来院子里是有人喂猫的，怪不得之前佐罗不肯吃火腿肠。

这以后散步，我都会特意去垃圾桶那边绕一圈，看看小白和小黑。但一个多月后，它们俩也不见了。或许是它们长大了，明白了江湖险恶，另找了安身之处。好在院子里草木繁盛，几只猫想躲起来还是很容易的。

可是住在街上的猫就没那么幸运了。

很久以前，那时我还没买房。一天，路过一条嘈杂的内街，发现一家鞋店门口，趴着一只黄白相间的小橘猫。看样子，它想爬下台阶，但它的身体在发抖，几次伸腿，都吓得缩回了爪子。于它，可能像是进了巨人国一样可怕吧，到处是粗壮的移动的肉山。鞋店门口进进出出的人太多了，每只走过的大脚，都足以碾压它幼小的身体。

鞋店的店员告诉我，这是一只流浪小猫，不知为什么爬上了台阶，回不去了。

我向店员要了一只鞋盒，把小猫装了进去。我并没有养猫的经验，而且当时的住处也不能养猫。想了许久，把它带去附近常去的一家烧烤店。

烧烤店的老板有些为难："我们已经有猫了。"但他还是收下了这只小橘猫。从此之后，烧烤店老板成了这条街上唯一一个拥有两只猫的老板，一只是膀大腰圆、满脸写着"此处是我家"的大白猫，另一只是低眉顺眼、跟着大白猫混的小橘猫。

我隔段时间就去看看小橘，顺便吃几串烧烤，为了让老板高兴，有时还带朋友去消费。小橘迅速地长大了，身子变得圆滚滚的。客人不多的时候，我会把它放在身边的椅子上，用一次性的梳子给它梳毛。

它乖乖卧在椅子上，任由我从头梳到尾，想梳多久梳多久。给它梳完毛之后，梳子就不能要了，齿缝全黑了。只能说烧烤店的生意太好，到处是木炭燃烧扬起的灰，小橘身上也沾了不少。

这家烧烤店其实很小，店里面只摆得下三四张桌子。一到深夜，老板就会摆桌子出去占道经营。那时候，两只猫也会跑出来在街上溜达。晚上10点之后，人和猫的内心似乎都放松了。

那年的冬天很长，到春天我搬走的时候，小橘已经长成了大橘，身形和大白猫差不多了。

过了两个月，我找了个时间专程过去看小橘，还抱了一个很大的毛绒熊，是我在游戏厅里赢来的奖品，准备送给老板。老板正好站在门口，抱住我递过来的毛绒熊，被熊脑袋遮住的半边脸，看上去有些迟疑。

他告诉我，小橘有天晚上出去逛街，再没回来。

后来，我问过别人，一只谙熟地形的猫，怎么会找不到回家的路呢？有人说，也许被抓走了，也许被车撞了。

我再没去过这家烧烤店。

有时，我也会想起佐罗，不知道它现在怎么样了，那么清傲的性格真不适合做一只流浪猫啊。

在现在这个院子住了有十来年了，晚上散步，经常也会遇到野猫出来觅食。有时候打包了吃不完的肉，就会喂一喂它们。若两手空空，没有准备，也就各自走开。

我以前没养过猫，以后也不打算养。实在是世情如此，心力不够，如果再对一只猫念念不忘，我怕自己担不起这份感情，不仅令猫失望，更令我对自己失望。

女朋友

上周小暖抱着孩子回广州"省亲",小女孩一岁半了,圆圆的脸蛋、胖胖的小手,很机灵。从房间出来,她都会担心谁没有跟上,即使被抱在手上,也没忘了扭头招呼"阿婆""阿婆"。

想起两年前,小暖快生BB时给我发微信,她说:"以前一点都不怕,现在真的好害怕。"

我顿了一下,脑子里闪过我妈说的金句"人生人,吓死人",然后秒回:"现在医学昌明,一点都不用担心。"

小暖两年前从广州去了深圳,之后的生活像小河一样自然流淌。当然也有不如意,比如初到深圳没有什么朋友。

其实,即使不搬家,就在同一个城市生活,朋友也是一段一段的。生命中不断有人走进,就会不断有人离开,有时,并非如我们所愿,通讯录会自动增加或减少。

刚到深圳时,小暖认识了一个新朋友,是她的邻居。可能因为年龄相仿又都是准妈妈,两人走得很近。熟络了以后,这个新朋友开始打听小暖的配偶和经济情况。打听完了,新朋友放心了。

有些女人的幸福是需要身边的人来衬托的，通常是朋友，或者朋友的朋友。

小暖的新朋友时时点评身边认识的人，如果是比她有才华的女子，她就说别人很有心机，如果是比她经济条件好的女子，她就说别人的家庭一定不幸福。人的妒忌一旦失控以后，就像刹车失灵的汽车一样，无人可以阻挡。小暖后来只好避而不见。

小暖说："其实她性格开朗，但就是让人不舒服。"

"没见过你的朋友，不知道她是怎么想的。不过有些人没有学会处理自卑或嫉妒，无法坦然面对自己，也接纳不了这些情绪，只好把它们发泄出去，让别人难受。"

两个女朋友之间经常因为交换了隐私而变得亲近起来，这样的关系其实并没有到亲密的程度，顶多只是很熟悉。因为真正的亲密应该首先是能够接纳自己，然后是接纳对方。

有人说，好朋友就应该以实相告，帮助对方了解自己然后一起成长。但是，人是很难有勇气去面对自我的深渊的，愿意剖析自己的人很少。当年我曾自以为是地分析前男友，然后对方就恼羞成怒了。关系破裂有各种各样的原因，但因为恼羞成怒而破裂真是别样的尴尬。

人活在关系中，友谊是亲密关系的一种。女人之间的关系很微妙，常常是一言即合成为好朋友，一言不合又变成陌生人。一般来说，女性的友谊是基于感情分享，男性的友谊是参加共同的活动。所以女性比男性更喜欢和朋友在一起互相倾听和分享。

也是一次聚会，一个女朋友说起，她收到大学同窗发来的相片，相片上的同窗明眸皓齿，站在自家别墅前的泳池旁。她说，第一眼看照片觉得"简直是心如刀割"，第三眼时，她已经把嫉妒的情绪放下了，然后衷心地祝福了她。

人有轻微的嫉妒心很正常，但嫉妒心太严重会吞噬自己。一生只在和别人的比较中打发日子，是浪费生命。如果不想让嫉妒心牵着鼻子走，还是需要剖析自己，以及有启发自己、发展自己的能力。

当然，我们都知道对自己诚实并不容易，可是我们也知道"骗子"招人厌，那么一辈子骗自己，到老得动不了的那天，会不会因为自己没有真实地活过而后悔呢？

说到底，嫉妒还是关乎我们怎么看待自己，我们值不值得得到认可的问题。只有完全接纳了自己，才会接纳别人吧。

法国作家阿奈斯·林说："每一个朋友都体现了我们的一个世界，在朋友到来之前，这一世界可能不会诞生，只有与朋友的相遇才会催生一个新的世界。"

什么样的女朋友可爱呢？当然是可以真实面对自己的人，以及可以给别人带来灵感的人。

今年最可爱的女朋友，非小暖的女儿莫属。虽说和她只相处了一天，但她自有一种聚拢人心的魔力。她活得自然坦荡，从不掩饰自己的喜好，想吃就吃，想睡就睡。她没有分别心，每次出门，都会用小手指指点点，一个都不能掉队。只要她在，她就是我们的中心，我们心甘情愿地追随她，只要她多看我们一眼。

都说要像孩子一样生活，更重要的是像孩子一样，有颗赤子之心吧。

幸福树

去年这个时候Kathy从国外回来,在我家小住了几天。自从小纯去澳大利亚以后,她就从一个十几年的老朋友变成了我不熟悉的外国人Kathy。

外国人Kathy在我家表现得和以前一样勤快,抢着干活。一般我先客气一下:"我来我来,我家的东西你也不清楚,不用管了。"但勤快人的眼里容不下脏乱的沙子,只能由着她用擦桌子的毛巾擦地、擦厨房的抹布洗碗。

周五晚上,泡上红茶,我们在一起边喝茶边说些家常话。她说她家院子里种了很多花,有高山杜鹃、天竺葵、绣球花、白子莲等等,10月份前后,是花儿开得最美的时候。

又说起她在澳大利亚做中国菜,给家人卤肉、包饺子,然后身边的人都胖了。会做饭的人,描绘起自己所做的菜时,眼光灼灼,头顶似乎有水蒸气环绕。他们掌握了制作美食的手艺,显然是掌握了一项喂养情感和身体的秘技。

周六晚饭后,外国人Kathy说要出去走走,大半个小时以后,带回来三盆盆栽——发财树、长寿花和富贵竹。这些花的名字取得真好啊,全是我对自己的殷切期望。

她把盆栽安置好了以后,自己左顾右盼地欣赏了一番,又用手机拍照片发给她姐姐看。姐妹俩通过微信,认真地讨论了我家的绿化问题,她姐姐觉得我家还需要一棵树。

于是,外国人Kathy再一次出去了。这次回来得比较快,不过,还带了一个人来。这人推着拖车进来的,车上放着一棵树。这棵树枝叶茂密,放进我家客厅后,比门框还高出许多。她告诉我,这棵树叫幸福树。

"这棵树放在门口,一进门感觉像是公司前台,这样好吗?"

我表示怀疑,但她坚持还是那个位置好。

我说:"等你一走,我马上把它拖到飘台边上去。"

吃过晚饭,我们俩出去散步,她边走边观察小区里种的各种植物,并向我科普盆栽的养护小常识。她说幸福树能吸收空气中的有害物质,可以防辐射,浇水的话一次要浇透。

我默默地想了想浇透是什么概念,可能就是浇到盆子底部溢出水来,看来要赶紧去买一个托盘,防止水渍扩散。

她看到院子里有鸡蛋花树,说起曾想过带一棵鸡蛋花树出国。我建议她,还可以带棵木棉树过去。当年小纯住在广州大道中,道路两边种的都是木棉树。春节过后,木棉花就全开了,一树的橙红,给广州大道对称地镶上了红边。

但是怎么过海关呢?我们俩想了一会儿,也想不出能带一棵树苗过海关的办法。也许可以这样跟海关的工作人员说:

"这棵木棉树我想种在院子里,因为木棉花不仅好看,还可以用来煲汤、清热解毒,请让我带走吧。"

晚上收拾好第二天要带走的东西,都过了12点了,我已经躺下了,外国人Kathy冲完凉,把幸福树拖到飘台边上去了。

离开广州前她对我说,要让我爱上种植物。

那天下班回到家,打开门,窗边赫然立着一棵树。我在树旁坐下,发呆良久,原来植物吐出来的氧气,是让我们从芜杂的生活中喘口气的。

十几年前,住一楼时,门口有块巴掌大的地,我只栽了一些粗生粗长的绿萝。我妈过来看我,带了一把豆角种子,她把种子撒在那两平方米地的边边上,我想起来就浇浇水,也不怎么管。有一天门口真的长出豆角来了,赶紧打电话告诉我妈。我妈说:"这种长豆角是最好种的,不用怎么操心就可以收了。"但院子里的小孩没有耐心等它长大,趁我不在家时,偷偷把小豆角摘走了。之后我再没种过大的植物。

后来搬到现在住的十楼,也只是间歇性地买些花摆一摆。直到这棵幸福树搬进我家,才发现家里住进了一棵树以后,这个钢筋水泥的方盒子被树枝劈出了绿色的细纹,有了不一样的生机。

我常坐在这棵树旁边做各种事,看书,剪指甲,缝扣子。有一次得了重感冒,就坐在树底下晒太阳,打瞌睡。当时就想着,到了年底可以把这棵树当圣诞树,叫朋友们都上我家来玩,不知道这样算不算幸福呢。

你的名字

去年我买了张罗汉床，店家送货上门的时候，小区的一个保安主动帮忙一起搬上了十楼。我很感激，加了他的微信，希望有事还能找他帮忙，他的微信名叫"家的感觉"。此后，每到节日，我都能收到"家的感觉"群发的节日问候。

有天下班碰到"家的感觉"，我问他："你的工作和生活是用同一个微信号吗？为什么叫这个名呢？"他说，他只有一个微信号，工作生活都是用它，因为觉得家是最好的地方，所以取名叫"家的感觉"。我们聊了一会，他告诉我，今年年底就要离开广州了，攒了点钱想入股亲戚制作玻璃瓶的小工厂。我对制作玻璃瓶一无所知，但听说这两年生意不好做，内心有点担忧。不过，"家的感觉"年底就可以和老婆孩子团聚了，多好啊。

我住的小区，物业管理工作做得很好。住户们进来出去的时候，保安都会主动打招呼——"早上好""下班了"。起初不觉得有什么，时间长了，一走到小区门口，就有一种安全感，何况还有"家的感觉"这样认真工作的人在呢，让人觉得住在这里很安心。美中不足的是，小区的商店不多，也没有花店，买东西没那么方便。

最近两个月，发现有辆小货车经常停在小区附近，车厢里装满了各种盆栽和鲜花。有天下班回来得早，买了四盆绿植，一共五十五元，老板仔细地分了两个袋子装好给我拎走。心里不禁替他算了算账，这五十五元除掉成本、车子的损耗和油钱，算下来，挣得也不多。

付钱的时候，老板打开手机的收款二维码让我扫，原来他的微信名叫"天道酬勤"。这个夏天，下班后总能看到"天道酬勤"的花摊。西晒的太阳余威犹在，"天道酬勤"一头大汗地坐在驾驶室里，开着车门玩手机。有时晚上10点多了，"天道酬勤"还没有收档呢。

手机支付越来越方便了，买东西打车都不用带现金，我的手机付款记录上也留下了各种各样的名字。身份证上的名字是父母给的，而微信名是我们自己起的，这些名字也是我们渴望成为的更好的自己吧。

有一次打了一辆黄色的出租车，司机年龄看起来挺大的了，头发都白了一大半。下车时，我犹豫了一下，还是问了他，能不能微信支付。司机拿过二维码给我扫，他的收款名字叫"矿泉水"。

我顺口问了一句："你的名字真有意思，怎么想到要叫矿泉水呢？"

"矿泉水"说："你不觉得水平平淡淡的，却能包容万物吗？"

我一听，这是碰到出租车司机里的前辈了，就问道："你开出租车多少年了？"

他说："我四十一岁那年开始开出租车，已经开了十六年了。"

"那四十一岁以前，是从事什么工作呢？"

"我以前在汽车厂上班，当年改制的时候，我们这些年龄大一点的，都选择了留下来，觉得稳定。后来为了多挣点钱，出来开出租车了。开了十几年车，我觉得挺好的。"

我有点后悔当时在路上的时候没有跟"矿泉水"多聊几句，错过了精彩的故事。

人们总说"活在当下"，但活在当下具体要怎么活，我们中的许多人并不清楚。

我们总是嚷着，一会儿要逃离这儿，一会儿要逃离那儿。其实逃去哪里都要面对自己的问题，问题的关键不在于在哪个城市生活，关键在于想清楚自己要做什么。

所有这些问题，"家的感觉""天道酬勤"以及"矿泉水"们已经给出了最好的答案。

认清生活的真相，远离虚荣，诚恳地工作。

真实地面对生活带给我们的痛苦，不逃避，迎难而上。

镜子里的中年

今年上半年,比以往有更多时间待在家里,做起事来自然也从容许多。有天晚上散完步,回到家慢悠悠地洗手,心里想着手心手背指甲缝都要洗到,然后吃点零食。一抬头,我看到了镜子中的自己。

镜中的我嘴角耷拉着,像是不高兴,面容看起来有点疲惫。

其实那天晚上内心还是平静的,且没有出门见朋友的打算,因此没有做过心理预设,自己将在朋友面前展现出来的样子。所以一瞥之下,应该是我最真实自然的状态,然而自己都被吓了一跳。

这张脸怎么这么眼熟,和妈妈四十多岁时的样子好像啊。

那时我还是个中学生,记得妈妈每天下班回来,洗洗手就直接进厨房准备做饭,脸上经常很疲惫。

读中学的那些年,其实我并没有那么喜欢自己的妈妈。因为妈妈经常性地对我失望,以至于我对她也是敬而远之。

有一次,我和妈妈生气,把自己锁在卧室里。生气的原因,一点都想不起来了。但把自己锁在卧室里不出去,是少年时对抗我妈强权统治最厉害的一次,所以至今还记得当时惴惴不安的心情。

那天爸爸不在家,连个劝话的人都没有。而房门又是实心门,从上到下没有一丝缝隙可以观察到外面的情形。我坐在房间里,内心越来越慌,不知道会不会引来更严重的危机,毕竟力量对比如此悬殊。

过了好一会儿,客厅里一直很安静,妈妈没有严厉地叫我开门,但外面也没有走来走去的声音。她去哪了呢?是不是出门请修锁师傅上门开锁去了?

我坐在凳子上胡思乱想,这时听到院子里有声响传来。

那时住的是单位的宿舍楼,一共有四层。我家住在一楼,阳台的位置向外扩展围了一个小院子。靠墙边种了一棵葡萄树、两棵橘子树。葡萄树的架子搭在院墙上,叶子爬满了墙头。我锁住自己的这间卧室一个门通往客厅,另一个门通向院子,只有一个简易的插销,没有锁。

往院子里一看,妈妈正准备翻墙,她先把葡萄叶子往一边拨了拨,再将一架木梯子从墙外挪进墙内,然后就沿着梯子,下到院子里了。原来刚才安静了这么久,妈妈是去拿梯子了。

她从院子里打开卧室的门,从我身边走过,其间甚至懒得看我一眼。

妈妈就这样轻易地破了我的局。

当时她应该还有很多事情要处理,没时间理我。但奇怪的是,后来也没有跟我算过这笔旧账。

或许她觉得,和处于青春叛逆期的少女打交道,也有需要忍住家长权威的时候,所以这件事就这样过去了,之后我俩都没有提起。

但那时她脸上的表情,我记到了现在,就像2020年4月的这个晚上,我不小心看到的镜中的自己。

疲惫,不高兴,一言不发。

我因为没有孩子,自由自在地生活了很长时间,别的同学忙着给孩子找学校辅导功课,我不是去读书社团,就是去合唱社团,常常会忘记年龄,以为自己尚在学生时代的余波中。

诚然,有爱好的人生比没有好过一些,但中年的分量并不因此就减轻了。

在世间行走四十多年积累的灰尘,已经慢慢渗入了我的骨骼、我的血液,最后浮现在我的脸上。

这些灰尘埋伏在皮肤的每一条肌理中,越积越多,青春时的棱角分明,变得模糊了。

我,是一个不折不扣的中年人了。

2020年这个晚上,我在镜子里看到了倦容尽显的自己,和妈妈中年时一模一样。直到三十年后,我才明白了妈妈的隐忍和坚持。特别是今年发生疫情以来,生活已不复之前的模样,而且这样的状态已渐成常态。

中年人的日子就是这样吧,处处碰壁,但也只有耷拉着嘴角熬着。

因为除了隐忍和坚持,没有第二条路可以走。

喝 茶

  大概五六年前，我都觉得喝茶是个浪费时间的事，不如喝牛奶爽快又有营养。有段时间，常常吸着纸盒牛奶玩电脑，连烧开水都省了。美国人斯通发明的吸管，简直是继人类直立行走之后，再一次解放双手的伟大发明。可是解放了的双手，除了更多地刷手机，好像也没做什么特别的事。

  终于喝牛奶喝到想吐了。一天，在商场购物偶遇一壶两杯，简洁古朴之余，关键还在打折，立马刷卡买下，没想到我的喝茶生涯就此展开。

  这款茶壶的壶嘴隐藏在壶盖当中，上覆一片可以上下滑动的圆形不锈钢盖子，滑上去的时候会露出出水孔，滑下来的时候又遮住了出水孔。在家用了几次，很顺手，而且三合一的功能，省事。我打算带它出去见朋友，让大家知道我也是一个懂生活的人。

  要带易碎物品出门，得有个包袱才行，一个懂生活的人是不可能随便找个纸盒对付的。

  在我的认识中，从前的人好像比较懂得生活，他们着长衫，走路时长袍的下摆随步幅摆动，用毛笔写信，路口相逢，作揖问好……我知道了，自己要找的是一款民国的包袱。

收拾包袱的游戏在收到包裹的这天开始了，颇有点小时候过家家的感觉。先配一个玻璃公道杯，有个分茶的杯子才有仪式感。

茶具本身有两个杯子，几番搜索，又找到了一对可叠加的杯子。用小布包包起之后，放进公道杯里，我的包袱就有四个茶杯了。从一样一样地添加物件起，不由自主地想象出一幅幅和朋友们喝茶的画面。

包袱里还可以再放两个茶杯。一时找不到合适的，就用其他茶杯顶住先。每当有朋友相约，我都欣然携包袱前往。坐下来，打开包袱，取出茶壶泡茶倒茶，茶过三巡，心也好像变软了。

买茶壶的那年十月去了一趟北京。住的地方离中国美术馆很近。当期的展览主题是素描，我随意扫了一遍画作，却在售卖工艺品的柜台逗留了很久。

看中一对台湾设计师设计的杯子，杯子里有一个草书的字，我和工作人员一起研究杯底的字，又在手机上查资料印证，最后一致认为，应该是个"真"字。于是我带着两个"真"回到了广州。

将两个"真"字茶杯放进包袱里，收好扎紧，内心很满足，茶壶和它的朋友们终于到齐了。

那年快接近尾声的时候，朋友们组了个辞旧迎新群，我又带上了我的包袱。

吃过火锅，先泡一包荔枝红茶，淡淡的荔枝甜味缓解了被麻辣刺激过度的口腔。喝过几泡之后，换上了大红袍，我打算刮刮肚子里的油水。

就着热热的茶汤,大家的话也稠了起来。还没来临的一年就像还没打开的包袱,让人憧憬。聊得多的自然是学习计划,而其中最激动人心的是,大家纷纷定下了减肥计划,最多的一个要减三十斤。我们大吃一惊,劝她不要定实现不了的计划。她接受了我们诚恳的建议,改成了减二十斤。

那晚,一直聊到夜深,想着下次见面时,一桌瘦子聚在一起喝茶,让人对即将到来的一年充满了向往。

周作人写过《喝茶》:

喝茶当于瓦屋纸窗下,
清泉绿茶,
用素雅的陶瓷茶具,
同二三人共饮,
得半日之闲,
可抵十年的尘梦。

年轻的时候,觉得周作人有点"作"。自从万般无奈地成为阿姨后,终于明白了,年纪愈长,尘梦愈重,也许只有这种半日之闲,可以抵消。难怪每次收拾茶具包袱,就像小时候要去春游一样。

可是,自上次聚过之后,两年了,我都没有带过包袱出门。有的朋友慢慢不再联系,有的朋友离开了广州……茶,还在,朋友却星散了。

人生就是一段旅程

叶子：

你好。

女性与生俱来的优点同时也是她的弱点，就是母性。女性需要一个可以让她付出爱的人，而大多数女性的爱是需要回报的，如果男人不领情而且不回应，对女性的打击很大。

叶子，四十二岁的你，对重新出发没有信心，但守着名存实亡的婚姻又束手无策，是啊，该怎么办呢？

张欣老师的长篇小说《深喉》里，有这样一句话："人在很多时候，也只能吊死在一棵树上，因为旁边就没有其它的树。"

叶子，你也是因为旁边没有其它树而感到惶恐吗？

不用怕，那就自己长成一棵树。

我们的文化过分强调女性的母性，让女性忽略了自我的发展。四十二岁，的确不是青春少艾，但这也是优势。因为人生四十，已经褪去了年轻时的青涩，在经济方面、阅历方面都有了一定的积累，而健康和激情还在线上，是时候为自己做打算了。

生命是倒计时的，不管是男性还是女性都只有一辈子。我们更需要关注的是，在有限的生命中活出无限的体验来。而对生命做出扩展和延伸才是当务之急。

年过四十的女性，怎么样找到自己喜欢做的事呢？

先从了解自己开始吧。用观察丈夫的间谍般的眼光来观察自己，把注意力放到自己身上，勇于试错，不断学习，塑造出一个自己喜欢的自己来。

可能会有很多次想要放弃，因为做自己太难了，比期待一个男人来爱你要难许多。也许经常感觉到自己掉进一个黑洞里，那也要揪着头发把自己拔出来，因为，承担自己的生命是你的责任，除了你自己，没有人要为你的生命负责。

另外，自我实现不完全是去做点什么，改变自己的心境也很重要。提高自己的认知，大自然、书本、朋友都是我们的老师。对万事万物都保持一份敏感，即使不去天涯海角，你的人生也一样五彩斑斓。

从"见山是山"，到"见山不是山"，然后再到"见山还是山"，经历过这个过程，自我肯定是今非昔比。

而拥有自我的人，内心是丰富的、喜悦的，他完全担得起自己的人生。

朴树有一首歌《旅途》，我很喜欢：

这是个旅途
　一个叫做命运的茫茫旅途

我们偶然相遇然后离去

在这条永远不归的路

我们路过高山

我们路过湖泊

我们路过森林路过沙漠

路过人们的城堡和花园

路过幸福我们路过痛苦

路过一个女人的温暖和眼泪

路过生命中漫无止境的寒冷和孤独

亲爱的叶子，生命就是一个旅途，经历不同的风景才是生命的真谛。

刘颗颗

过山车

有一次，三个朋友茶聚。其中一位和我年龄相仿的朋友近来失眠，烦恼不已。她说："刚毕业那会，不管多忙，沾着枕头就能睡着。"

我伸出三根指头晃了晃："当年我去南湖游乐园坐过山车，连坐了三次。"

那年我二十六岁，朋友相约一起去南湖游乐园。想着要坐过山车，我还把马尾特意绑紧了一点。

那天天气不错，游客也不多。以现在的眼光来看，南湖游乐园的过山车只能算是过山车2.0，并不算惊险。

我们在过山车的入口处排队，只排了几分钟，就轮到了。我们和过山车一起飞驰，转圈再转圈。结束后，从出口走出来，我建议再坐一次。同去的朋友脸色发白，说爬出来的时候像死里逃生一样，叫我自己去。

我再次去入口处排队，站在我前面的是一对母女，女儿看起来有十多岁了。那位中年母亲小声和女儿商量了几句，然后转过头来问我，可不可以和她女儿坐同一个车厢？

这有什么不可以？我和小姑娘并肩坐进同一个车厢，过山车开动了，我们俩笑着对旁边等我们的人挥手，然后一起被抛出去了。当脚在上、头朝下时，我看到自己的马尾垂在眼前晃。

这个经验很少有，从出口出来的时候，我问小姑娘："脑袋朝下时，你看到自己的辫子了吗？"小姑娘高兴地说："看到了。"

于是我和小姑娘又坐了一次过山车，再感受了一番头发被甩来甩去的滋味。

之后又过了几年，番禺长隆的欢乐世界建好了。朋友约我去玩，想起以前连坐三次过山车的壮举，一点没犹豫就去了。

去之前，搜了一下园内设施说明，据说那里是过山车的乐园。朋友和我打算最先尝试过山车之王垂直过山车："它前后三排横列，似重型战斗机，轨道设计模拟战斗机飞行的轨迹，升至六十米高空后，五秒钟的停止悬挂、近九十度俯冲、翻滚爬升再停止、俯冲进入隧道，让乘客尽享飞翔乐趣。"

这个说明真是让人期待。那天一进园，我们就直奔过山车之王而去。原来垂直过山车就在入口不远处，其惊险程度不能用4.0或5.0来形容了，因为空中传来的一阵阵的叫声听起来有点"惨"。我有点心虚了，但仍选择了视线最好的第一排座位。

过山车驶出站台，咔咔地往高处攀升，定住，我看看自己的双腿，两脚悬空，离地几十米高，再放眼一望，整个园景尽收眼底。这时突然害怕了。但后悔已经来不及，瞬间，近九十度就俯冲下去了。我紧紧抓住扶手，心里只有一个念头，忍耐忍耐，两分钟就结束了。

两分半钟后,我强作镇静,拖着双腿从车厢走出来,再也不想坐任何一种过山车了。之后,也再没有去过长隆欢乐世界。

可是世事并不能尽如我想,几年后得到了一个摄影机会,我又去了长隆欢乐世界。

那次摄影活动在夏天,参加者可以一个月内无限次地进入园区拍照。找了一个凉爽的周六,我背着相机就去了。

垂直过山车依然是园区最显眼的设施,粗大的钢架在蓝天下分外显眼,每当过山车坠落或俯冲时,坐在上面的人就一波又一波地发出尖叫,整个园区因此显得充满了生机。

我举起相机,对着他们拍了几张照片,就去别的地方转了。拍了一个多小时后,有点累了,我去餐厅找了个位置坐下。那是个靠窗的位置,一抬头就能看见过山车不知疲倦地翻滚又俯冲。

我喝了一口水,心想,这个过山车把游客抛来抛去的幅度如此之大,怎么都没有一只鞋子掉下来呢?

是的,我承认,这尖叫的青春令我嫉妒了。

离开园区的时候,我特意从过山车底下走过,真的没有一只鞋子掉下来。

看来,掉下来的,只有我自己的青春。

生活会厚待努力的人吗？

我外出打车时，和计程车司机基本不交流，和网约车司机反而会聊几句。也许是因为计程车司机太像公交车司机，你会和公交车司机一路聊天气或就业吗？很难吧。而网约车像私家车就比较好聊。

记得有次搭早班机，叫了网约车送我去机场。天还没亮，路边的夜宵大排档还没收摊，桌椅零乱，只余一张桌子旁坐着两个面目模糊的中年男人。他俩看起来已经吃饱了，歪着脑袋坐在那里，相对无言。广州的确是一个可以任性的城市，夜宵和早茶能无缝对接。

接我的司机是个小伙子，二十五岁上下。他告诉我，送完我去机场，他就回去休息了，他是专门跑夜班的，每天早上六点左右收工。

我问他开夜班车累不累，他说之前在一间制作广告牌的公司上班，其实更累。后来老板的订单越来越少，他就离开了。一时找不到新工作，就专职开网约车，收入尚可，只是社保断缴了半年多。

我给他出主意,如果是广州户口,以自由职业者的名义交社保,比公司交还能省一点。他说自己不是广州户口,个人名义交不了,一定要通过公司交。现在断缴了这么久,补交的话要小一万,不舍得。先跑一段时间网约车,把车贷还上,之后再去找新工作。

他的车一看就精心收拾过,很干净,手机架、方向盘都很别致,红黑镶嵌,动感十足。小伙子送我到机场出发大厅外,把行李箱拿下来,一踩油门,噌地开走了。

今年和网约车司机聊过几次,说得最多的还是就业。

十月的一个周日,早上起来水都没喝就出门了。我要的是网约快车,不提供瓶装水,但我太口渴了,就试着向中年男司机要水喝,他爽快地答应了,绕到车尾厢,拿出一支矿泉水给我。

听他的口音,像是湖南人,一问果然是。

中年司机看起来心情不错,除了籍贯之外,还告诉我,他初中都没有上完就出外打工了。后来在东莞做鞋材生意,开了一个小工厂,今年生意亏了,就把小工厂关了,在老乡的厂里开车。开了几个月,来广州开网约车,比在工厂自由。

我问他生意怎么亏了。他说,工人工资高,熟手一个月最少要五六千块,好多鞋厂都搬到越南去了。他的厂子是做鞋材的,相当于制鞋的下游企业,订单少了许多。

另外,以前是三个月结一次账,但后来六七个月都结不了,还有一家客户跑路了,他垫资太多,做不下去了,只好关了。

我对鞋材很好奇,这个前老板很详细地给我说明了鞋材的种类。说到自己的专业,他很自豪,话一多,结果走错了路口,他说:"哎呀,不小心走错了,下车时少收你钱。"

他问我:"你知道什么是泡棉吗?"专业性这么强的问题我还真回答不了。他说自己的小工厂就是做泡棉的,是用环保热熔胶把两块泡棉粘在一起,给鞋厂供货。做一吨能挣三四千块。往年生意不错,九月份开始就要赶工了,一直赶工到春节。

今年他把工厂关了,以前的许多同行也没有接到单,十一就给工人放假了,放完了七天假,接着再放十天假,等单。

这一段路程只有四十分钟,但我了解了环保热熔胶这一从来没有接触过的产品。司机说,这里面分得可细了。他自己是为做鞋服务的,有个顺德的客户,是专门做电脑显示器的内部黏合的,也是结不了账,亏了,就把厂子搬走了。

说到为什么来广州开网约车,他说这边有认识的老乡。他们这行里,有一个老板,以前做鞋材的编织材料,转型很成功,广州的某鑫猪肚鸡就是他开的。现在广州开了好多连锁店,他也在看场地了,打算开个加盟店。

想起这些年好多餐饮店开着开着就换老板了,我婉转地提醒他,不熟不做,何况前期装修和加盟费要投入不少。但前鞋材老板想转型的决心很大,他说元旦前能开张的话,冬天吃火锅的人多,生意不会差,生活会好起来的。

一路上,司机说的都是他的工作,只在下车前说起自己的孩子,他说一直打工也没怎么管,不过,女儿很听话,学习成绩很好，现在湖南理工大学读财会专业。看来情绪稳定的父母背后，还是有孩子的功劳的。

把我送到目的地后，司机坚持少收了十元钱。

因为这个司机的缘故，遇到猪肚鸡店，我都会多看两眼。不知他的店元旦前开张了没有，不过，遇到可能也认不出了，因为一路上看到的只是后脑勺。

生活会厚待每一个努力的人吗？

不一定。

但拥有一颗不轻易放弃的心，已是人生最大奖赏。

小的时候我深信，到了2000年实现了现代化，再也不用写作业了，大家都幸福快乐地在田野里跑来跑去、摘果子摸鱼。

现在我已是个渐生华发的中年人，职业的竞争对象从同龄人转成了比我小十岁甚至更多的人，离随心所欲地生活还有很大距离，也许有一天主动或被动都要转型。

这个时代的起与伏没有任何缓冲地带，我们所能努力的，就是坚守自己，不被裹挟而走。

今天是2020年的第一天，愿你我常怀希望，快意人间。

二 嗨,你好

从雪绒花到半个月亮

小野丽莎圣诞来广州演出的消息五个月前就知道了,早早地订了票。2017年的平安夜,我又早早地来到星海音乐厅。一楼大厅摆着小野丽莎的亲笔签名CD,毫不犹豫买了一张。

晚上八点,身着一袭湖水蓝长裙的小野丽莎款款走出来,在舞台中央坐下,拿起吉他就直接开始演唱了。第一首歌,声音有点飘,从第二首歌开始渐入佳境,当她唱起"Country roads, take me home"的时候,CD中的小野丽莎终于与舞台上的小野丽莎合二为一了。

她准备了一些中国听众熟悉的歌曲,如《雪绒花》《邮差先生》等,还特意演唱了一首中国歌曲——《橄榄树》。

听中国歌手唱《橄榄树》,总想上去拉住歌手的手,"好啦,好啦,别流浪了,我们会对你好的",因为我们从小听惯的《橄榄树》是齐豫的版本,始终有一种灵魂无所依的苦在里面。

而小野丽莎的《橄榄树》却是,"你看,你看,橄榄树,哦,橄榄树"。她的风格是淡淡的沁人心脾,没有孤苦寂寞,没有痛不欲生，也没有声嘶力竭。她的嗓音柔和中略带一丝沙哑，温柔却不柔弱，融合了南美音乐的热情以及日本音乐的恬静，有一种乐观的力量。《橄榄树》这首歌其实并不太适合她。

听小野丽莎唱歌，你会明白，有些人天生就是歌手。她什么都不用做，只要坐在那里，拿起一把吉他轻弹浅唱，我们就迷上了她。

现场的观众很安静，当然该鼓掌的时候也鼓了掌，但一些熟悉的歌曲其实可以一起唱一下的。有一首歌，乐手都在特意打拍子了，观众们的后背仍然紧紧贴在椅背上，嘴巴闭得紧紧的。是害羞还是因为音乐厅太严肃，给人以压抑感呢？我旁边的一对情侣尤其冷静，全程无交流，确实是非常文明的广州青年啊。

小野丽莎以一首圣诞歌曲结束了演出。在她的歌声里，我们好像和珍贵又特别的女友长谈了两个小时，这个夜晚的心情也安定明亮起来了。

整场演唱会，只有《雪绒花》———*Edelweiss*这首歌，我可以一字不漏地唱出来。十年前，我在合唱团排练过这首歌。我们的合唱团是一个公益性质的团体，当时有一个美国小伙子Cody加入了我们。为了让我们的英语发音更标准，Cody一个单词一个单词地纠正我们的发音，领着我们朗读歌词：

Edelweiss, edelweiss,
Every morning you greet me,
Small and white, clean and bright,

You look happy to meet me.

……

　　*Edelweiss*排练好了以后，遗憾的是从未表演过。我们表演得最多的还是民族歌曲，比如《半个月亮爬上来》《青春舞曲》。

　　这个圣诞的前夜，当"Edelweiss, edelweiss"的旋律响起，不禁想起了十年前，我和伙伴们唱过的半个月亮。

　　十年过去了，现在的我们应该都在各自的中年里纠结着吧。

　　希望有一天可以和伙伴们再一次唱起"Edelweiss, edelweiss"，在广场的中央，挺直身体，纵声歌唱。声音如泉水一样汩汩流出，一直唱，一直唱……时光荏苒，我们的半个月亮依然如旧，还在往上爬。

Remember me

罗诚老师把笙悦女子合唱团招新的微信发过来时，我心动又犹豫。犹豫是已达青年合唱团的年龄上限，而且自罗诚老师带的合唱团解散后，我已经六七年没练声了，心里没底。

面试的前一晚，仍在犹豫，不是担心录取，是担心以后风雨无阻准时排练的决心，会让自己很累。摩羯座有一个特点，一旦坚持起来会把自己吓到。读小学四年级时，和同学去看戏，其他同学都走了，就我一个人看到最后，而且直到今天，我还记得那天看的戏叫《解缙罢官》。所以不要和我们这个星座的人过不去，我们背歌词很厉害，记仇一样厉害。

直到第二天早上，我才决定了，不管如何，先去试一试。面试我的是一个清秀的短发女子，听见有人叫她"顾指"，原来她是合唱团的指挥顾昕。顾指看起来有些匆忙，面试完，我也马上走了。之前我只能把车停在一家餐厅门口，还装模作样地领了一张等位的纸条。

刚回到家，就收到录取的短信通知。等到首次排练，才知道为什么顾指在面试时赶时间了,原来她有一个吃奶的BB需要照顾。那天排练,她把BB也带了过来,有时她就抱着孩子给大家排练。这个BB挺沉得住气的,面对三十来个成年女子,看看这个,看看那个,眼睛扑闪着,一点都不怯场。

合唱团是一个很奇妙的地方,就像一支足球队一样,每一个人每一个位置都很重要。不仅要唱好自己的声部,还要注意倾听别人的声音。在互相配合寻找默契的过程中,打开了自己的心,也靠近了别人的心,团友之间的亲密感就这样慢慢建立起来了。

记得以前罗老师说,我们不需要乐器,我们自己就是乐器,去到哪儿都可以歌唱。只要我自己在,就有音乐流出,可以陪伴自己。

十多年前,有段时间去哪里我都戴着耳机,有时听歌,有时假装在听歌,因为不想跟人说话。有次去西安开会,北方的司机大多热情,我为了避免交谈,照旧用耳机把耳朵塞上。回程打车去机场,心情放松了,我就跟着音乐轻声唱。司机一路稳稳地开车,没说一句话。到了机场,他才转过头对我说:"你唱歌真好听。"他还说:"以前我也载过一个姑娘,她带了吉他,给我唱了一路,那个姑娘很活泼,她说要去南方唱歌了。"那时我有点后悔,为什么一路高冷,不理别人呢?我们南方人一样爱音乐,也一样活泼。

音乐不仅抚慰了自己,而且还能慰藉别人。喜欢唱歌的人应该都有记忆深刻的旋律,它维系着某个特定的时间、场所或某个人。有些记忆像胶水一样,总和某首歌牢牢地粘在一起,每当听到它，记忆就蜂拥而至。

这首歌也许是小时候听妈妈唱过的歌，永远和妈妈年轻的模样联系在一起；也许是初恋时一人一只耳塞听过的歌，充满了少年忧伤的心事；还可能是某个深夜打车回家的路上，听到收音机里播放的一首歌，那一刻突然击中了孤独的心。

而这些熟悉的歌，总和那时凉爽的空气、吹过脸上的风、阳光下树叶斑驳的影子、路边花花绿绿的报刊亭，还有理发时，镜子里我们光洁的、不谙世事的脸庞等重叠在一起，哪怕到了暮年，我们都不会忘记。

去年热映的美国电影《寻梦环游记》，诉说的也是一段不能忘记的故事。Coco的父亲为女儿谱写了一首歌*Remember me*，直到Coco变得老态龙钟，她都没有忘记这首歌，也没有忘记失踪的爸爸。后来Coco去世，在另一个世界里，她在这首熟悉的旋律里和逝去多年的爸爸重逢了。

就像电影里所说的，死亡不是永久的告别，忘记才是。

新参加的合唱团，排练的第一首歌就是*Remember me*。我们四个声部把这首歌唱出了另外一种温暖：

Remember me

Though I have to say goodbye

Remember me

Don't let it make you cry

For even if I'm far away

I hold you in my heart
I sing a secret song to you
Each night we are apart
Remember me
……

车里的"乌兰巴托之夜"

2004年考到驾照,到现在十四年多了,我已经是个十四年的老司机了。我喜欢开车,喜欢那种说走就走的感觉。

住得离单位远,听音乐都是在上下班的路上。

开的第一部车是一辆小吉普,只能放单碟。我备了两个CD光盘包,里面装了上百张碟。但一张碟也就十几首歌,想换碟的话,要等红灯时。如果红灯时间太短,就只能完成选碟这个动作,下个动作要开上一段路,等下一个红灯。

那个时候对高档车没什么概念,有次坐高档车,车上有一个功能让我特别羡慕,就是它的光驱居然可以同时放六张碟,而且音响很棒,声音有包围感,明亮圆润,真实自然。

那时的愿望是,等有钱了,我也要换一辆可以同时放六张碟的车。

后来,等我终于有钱换车的时候,还是选了单碟的车。因为现在可以用手机下载歌曲了,在车里同步播放。或者直接打开手机的音乐App,它们的曲库里有成千上万首歌,还帮你分好了类。

我听得最多的是民谣电台。民谣不像流行音乐那么炫丽,它似一个浅吟低唱的歌者,朴实纯净,没有花哨的技法,用最简单的乐器,比如吉他伴奏,唱出自己的所思所想,有时甚至连乐器都没有,就只是用纯粹的人声来表达心声。这些声音在林立的高楼与嘈杂的街市中,清亮又自然。

最近常听的一首歌是《乌兰巴托的夜》:

那一夜父亲喝醉了
他在云端默默抽着烟
喝醉了以后还会想些什么
那些爱过又恨过的人

穿过旷野的风　你慢些走
我用沉默告诉你　我醉了酒
乌兰巴托的夜　那么静那么静
连风都听不到　我听不到
乌兰巴托的夜　那么静那么静
连云都不知道　我不知道
乌兰巴托的夜　那么静　那么静
唱歌的人不时掉眼泪

乌兰巴托在遥远的北方,有草原有长风有骏马,还有一个唱歌的人儿,落下了忧伤的眼泪。

这是一首唱给孤独的人听的歌。

开车回家的路上，天慢慢黑了，南国的夜晚灯火流转，夜色遮蔽了杂乱。等红灯的时候，看见前后车辆的驾驶室里，隐隐约约的各色脸庞。月亮远远隐在雾霾中，这些工作了一天的人儿，像是骑在各自的马背上，和马队一起走走停停。

我也骑着我的马儿回到了家。把车停在地下车库后，有时候会坐几分钟再上楼。男人们可能是为了抽根烟缓一缓，而我是想和草原上的风再多待一会儿。

熄了火，摇下一半车窗，乌兰巴托的夜，在我的车里静谧悠远……

失 声

觉得有点不妥，是二月初我刚到香港的下午。吃完晚餐后，没有出去，和朋友在房间里烧水喝茶。喝了许多热茶，又冲了个热水澡，心想睡上一大觉，明天感冒就好了。

凌晨起来上洗手间，对着镜子，试试能不能说话，念了一句古诗"白日依山尽，黄河入海流"，虽然有点沙哑，但还是能说话的。心里不禁暗喜，接着稍微提升难度，轻轻唱了两句："风带着他走上，最长的旅途……"怕吵醒同伴，声音压得很低，仍然能唱出旋律来，我放心地回床上继续睡了。

早餐后跟朋友一起逛商场，说话有点吃力，但尚能对答。没想到吃完中饭后，完全失声。一直到晚上搭火车回广州，我只能眼睁睁地看着她们聊天，很想插嘴，但嘴巴张一张只能演哑剧，只好闭嘴不言。

至此，我依然乐观，除了失声，没有发烧，想着多休息多喝水肯定能缓过来。于是去药店买了黄氏响声丸吃了两天，依然没有开声。同事和我商量工作，也只能无辜地看着他们。同事们刚开始以为我是为了逃避工作装的，后来发现是真的说不了话，纷纷劝我赶紧去医院。

失声后的第五天一早，直奔医院。医生给我做了喉镜，把一根细细的管子从鼻子里伸进去检查，检查结果是因为受寒得了急性咽喉炎。声带红肿，一边声带上有点小凸起，要开始禁言，如果勉强说话，会演变成声带小结或息肉。

想起歌手杨坤，年轻时声音像张信哲，清亮干净，后来由于做了声带息肉手术，没注意，嗓子沙哑了。他自己说，甚至长相都变了。想到杨坤一脸沧桑的褶子，从第六天开始，我按时吃药，不说一句话。

心里有时很急，就用手机搜索：

"感冒失声是什么原因？"

"声音嘶哑快速恢复妙招"。

网上一搜，才发现曾经失声的人那么多。有人问，"我已经一个多月说不了话了，怎么办？"，甚至还有一年都沙哑着喉咙没好的人，让人心惊肉跳。

网上搜资料虽然难辨真伪，但好处是，你知道自己不是一个人，心里稍觉安慰。

从禁言开始，和别人的交流骤减，突然发觉世界安静下来了。这时才发现，以前总是嫌吵，其实不是别人的话太多，而是我自己的话太多。

之前每天急着和外界沟通，发表各种各样的意见，却唯独忘记了自己。

止语的时候，人反而会慢慢沉淀下来。嘴巴慢下来了，心里也就平静了。

人的内心常因外物起起伏伏，情绪也会有高有低，就像小河虽有浪花或鱼虾，只要不以为意，该怎么流淌还怎么流淌，情绪会像河水一样，或缓或疾地流走了。

自从禁言后，感觉自己好像成了一个局外人，待人看事，客观了许多。

所谓的放下，原来要抽身事外才能放下。

那段时间，想测试声音有没有恢复，就轻声唱两句："风带着他走上，最长的旅途……"这首《最长的旅途》成了我的验声工具，直到三月底我才能唱完整首歌。

现在我又能自如地说话唱歌了，话变得和以前一样多，而且有时为了多说两句，还要加快语速。看来，在我的人生中，学会"放下"确实是一个很长的旅途。

嗨，你好

各种音乐类型中，我听得最多的是民谣——只有木吉他伴奏的民谣。一直喜欢民谣纯粹的人声，没有多余的配乐和花哨的技法，干净自然。我常下载各种民谣在手机里听，隔一段时间换一批歌。

有一年去西安出差，担心独自出去会闷，出发前又下载了十首歌，才放心去了机场。

那是我第一次去西安，开完会后，一个人按图索骥去看大雁塔、老城墙，之后在城墙根附近，找了一家泡馍店坐下。西安的泡馍自然以羊肉最出名，但我自小就不爱吃羊肉，仔细研究过菜单后，点了一碗葫芦头泡馍。老板很快端来一个碗，里面放了一个白馍。馍是现成的，汤估计得现做，那就边听歌边等吧。

从广州出发前下载的歌，都来自美国青年歌手Rosie Thomas的专辑*These Friends of Mine*（《我的朋友们》）。因为之前偶尔听过她和朋友合唱的*Say hello*（《嗨，你好》），很喜欢，这次就把整张专辑找来听了。

这些歌是Rosie Thomas与她的好友在公寓里录制的。有几首歌里，可以听见椅子吱吱移动的声音，甚至还有他们轻轻说话的声音。据说开始时他们没有打算做专辑，只是同为音乐人的好友聚在一起写歌唱歌录歌，而他们所有的设备也只是几个在客厅、厨房里随意安置的麦克风而已。

听这张专辑，就像小时候过节，一堆人在外面热热闹闹地聊天，而自己却不得不在房间里写作业，边写边竖起耳朵听他们的谈话，听到有趣处，一个人会在房间里偷偷地笑。

这些歌让人有一种身临其境的、和朋友们在一起的快乐。

而我喜欢的《嗨，你好》只有两分多钟，虽然短，但却可以快速将你带入它的情境当中。陌生的地方，微笑的脸庞，"嗨，你好"，等待的人他主动走了过来。

If I find him
If I just follow
Would he hold me and never let me go
……

歌曲的开头也很好玩，首先出现的是一个男声，数着拍子"1、2、3、4"，好像在说，"好了，开始啦"，然后女声主唱才开始唱主旋律。这样即兴又松弛的歌，在一个人的旅途中，像是往你手里塞了一个暖水袋。

其实人归根到底是孤独的，即使有亲密爱人，仍然会有不被理解的地方。双手抱着暖水袋,温热的水或许会融化掉一些孤独吧。

我把十首歌从头至尾听了一遍,泡馍的汤还没端上来。就算是一个不赶着上班的游客,未免也等太久了。放下手机,直接问老板要汤。老板说,这里的规矩是客人自己把白馍揪成块,我们再端下去烧汤泡馍。原来是要我自己揪馍啊,难怪不做第一步,下面的程序进行不下去。

认真地把白馍揪成了一小块一小块,未几,一碗葫芦头泡馍热乎乎地就上来了。刚进店时,我以为葫芦头是一种植物,问过老板后才知道,是猪肠,因为煮熟后,收缩状似葫芦头,故名。

重新戴上耳机,把碗拉到鼻子底下。这碗泡馍满满当当的,粉的猪肠、白的粉丝,上面还漂着绿的葱花,我再舀了一点红的油辣子撒进去,"嗨,你好",葫芦头泡馍,你看起来真诱人。

我们的田野

当我们从后台快步步入舞台时,《我们的田野》第一段已经唱至最后一句,我们这一队从左边上台的合唱团员,生生地把歌曲的开场错过了。

那天是2019年5月1日,旨在呈现汉语之美的一场朗诵会,我们表演两首歌,其中一首《我们的田野》作为整场演出的开场。之前听说是去星海音乐厅演出,大家心里还是有些小期待的。

这样一首由人人都会唱的歌曲改编的合唱作品,唯一稍显难度的是没有钢琴伴奏,从第二段开始,分成四个声部,也就是说,我们要以"阿卡贝拉"的形式来演绎《我们的田野》。

领唱部分自然交给了田田。和我这个业余选手不同,田田从小就接受了严格的声乐训练。她第一次来面试时,我们正在排练。指挥顾昕带着她去了隔壁,过了一会,媲美歌剧演员的女高音穿透墙壁传了过来。然后,年轻又爱笑的田田就和我们一起排练了。她来的时候,天已经凉了,整个冬天我都没有见她穿过袜子。就算冷到要穿大衣了,她依然故我。不过,即使她的脚丫总是光着,声音却永远那么具有穿透力。

  5月1日的演出是晚上8点,我们下午1点30分就到了星海音乐厅集中。星海音乐厅大一点的化妆室都配有钢琴,顾指就开始指挥大家练习。唱过几遍,她还是觉得我们的感情不够,就让每一个人声情并茂地把歌词朗诵一遍,读得不好,就当着大家的面读到通过为止。轮到我时,我以为一遍能过,顾指小手一挥,再来一遍。我很惊诧:"不行吗?我觉得可以了呀。"田田在一旁哈哈哈笑得东倒西歪。好吧,干脆豁出去了,我拿出了平生绝学,用最深的气息和情感再次朗读:

  我们的田野　美丽的田野
  碧绿的河水　流过无边的稻田
  无边的稻田　好像起伏的海面

  以一个中年人的深情再次朗读小时候的歌,歌词在纸面上仿佛粘连成了流淌的河水,阳光洒在河面上,闪着点点粼光。

  读完最后五个字"起伏的海面",伙伴们纷纷鼓掌表示通过。接下来轮到田田读了,她快速地读完,以为自己能轻松过关了。顾指小手又是一挥,再来一遍。这次轮到我在一旁嘎嘎嘎地笑。

  我们排练的这个化妆室是和其他两个团队共用的。先进来一个黑人小伙,背着背包,绕过我们,去更衣室换上了大红色的中式长衫。过了一会儿,又进来一个高挑的姑娘,换上一身旗袍,也是红色。她的普通话说得很利落，介绍自己来自乌克兰。姑娘化完妆，还跑过来和我们用手机自拍，可见音乐可以快速拉近人和人之间的距离。

等我们出去彩排的时候，那四个来自欧亚非的外国人抓紧空当对词，看起来他们表演的是一个充满激情的小品。

一直到晚上通知候场之前，我们都很松弛。大家还互相低声提醒，注意不要驼背。

按照之前设计的方案，分两个小组，分别从左右两边登台。领唱一起头，大家就三三两两地像走在美丽的田野上一样，边唱边走上舞台。唱到第一段的最后一句"好像起伏的海面"时，齐唱，站成弧形。

舞台右边的通道很宽，走过幕布直接就上台了。而左边的通道有一个小门，工作人员交代别开小门，可能是怕台下的观众看到后台吧。我们于是老老实实地站在小门后面候场。科莉突然说："听，好像已经在唱了。"大家都惊了，赶紧拉开门往外走。走过幕布的时候，我看见台下坐满了观众。而舞台上，指挥站在中间，只有半边舞台有人在唱，另外半边空着。这时，第一段已经唱到了最后一句"好像起伏的海面"。

我们尽量不动声色，但内心真的如起伏的海面，在晃荡了。我猜顾指的心里，已然是惊涛拍岸。

也许是在一起排练一年多了，已经建立起了默契，已经上台的，和我们这些刚上台的，接着"起伏的海面"，不约而同地把第一段从头又唱了一遍，然后从容地进入了第二段。

有个团员的妈妈在台下看演出,据她说,刚开始看不明白,不懂为什么两队人马要前后登台,突然之间她醒悟了,一定是专门设计好的,确实是一个特别又有新意的开场。而且这首老歌一下子就让她回忆起了童年,旋律是时光最好的过滤剂,想起来的都是美好的部分。

唱完《我们的田野》,我们压抑着想要倾诉的心情,一路默默回到化妆室。

关上门,大家松了一口气。

"你们怎么不看一下左边的人在不在台上,就开始唱了?"

"我们以为你们躲在幕布后面。"

"以为工作人员会来开门,我们也没敢打开门往外看。"

"我们也很奇怪,边唱边想怎么办,是不是要加一场戏,表演去后台叫人,然后再一起唱。"

顾指说:"我一边指挥,一边飞快地盘算该怎么圆场,这时,你们就上来了。"

那天最后一个节目,是一首粤语歌曲,我们的演唱没有出任何差错,除了唱到最后一句时,本该主持人走出来道晚安的,但她迟迟不出来,我们只好把最后一节的旋律又哼了四五遍,主持人才把结语说完了,看来当天现场的空气确实具有催眠的效果。

回到家,放下包,我先把碗洗了。边洗边回忆刚才的有惊无险,自己在厨房里笑了好久。第二天,在微信群里和伙伴们一起复盘昨天的演出,又一起笑了很久。

有时候很难分清，我们是为了在一起而唱歌，还是为了唱歌才在一起。不过，可以肯定的是，尽管生活的田野常常暗流涌动，但我们的田野却因为音乐、歌唱和朋友，和缓了许多。

我们要去香港唱

一　我们要去香港唱

2019年7月13日是我们合唱团赴香港参加国际合唱大赛的日子，三月下旬决定报名时，指挥顾昕信心满满："我们就是冲着成人组的冠军去的。"

到六月下旬的时候，我问顾指："怎么只订两晚的住宿，不打算参加闭幕式了吗？"顾指说："我们出不了线的，完成初赛就可以回广州了。"

尽管指挥的心已经凉飕飕的，我还是订多了一晚住宿，因为这次合唱节请了三支国外的乐队担任驻节艺术团体。来自英国的国王歌手合唱团（The King's Singers）是其中一支，他们去年曾在广州演出过，当时，我提前一个月就订好了票。现在反正都要去香港了，何况参赛人员还有内部票呢。

春节过后，我们为了决定今年去香港参赛还是去新加坡参赛，颇费了一番思量。最后大家决定还是去香港，毕竟从广州南站坐高铁去香港，最快的一趟车只需四十六分钟，如果有事，还可以搭晚班车回来，第二天再过去。

顾指的信心三个月来慢慢走低，主要是排练人从来没有齐过，总要差那么五六个人，她的脸色自然不会好看。

她做了各种努力，譬如每次排练前点名，每月选出全勤者，奖励小红花，私下个别约谈。四月份的时候，还写了一封情深意切的信发在合唱团的公号。但无论她是排练时振臂高呼，还是深夜在朋友圈黯然神伤，排练效果总是达不到冠军应有的样子。

从倒数第十天开始，顾指要求大家每天发一条练习音准的录音给她。我们有一首歌是无伴奏合唱，音准至关重要，录音的目的是把固定音高刻进我们这些忙碌的脑袋里。而我只发过两条给她，有时候回到家，就是不想练习，只想静静地坐一会儿。

指挥终于在群里发火了，说她带的团从来没有这么不听话的。大家赶紧跳出来纷纷表态，一定好好录。

团里的合唱团员都是职业女性，当了妈妈的有一大半，有两个孩子的都有好几个。而宁宁生老二时，生的是双胞胎，她成了三个孩子的妈妈。幸好她是一声部的女高音，有一把金嗓子，上班管孩子唱歌，嗓子还是那么亮，这次参赛的无伴奏歌曲，其中高潮部分的最后一句就是她独唱的。

记得有一次，宁宁把双胞胎带过来了，那天应该是实在找不到人代管，她只好把她俩带来一起排练。除了两个六岁的孩子，她还带了两个大包，从其中一个包里，掏出一块野餐毯子，铺在排练室的木地板上，再把书本和玩具摆在上面。两个小女孩高高兴兴地趴在毯子上，像在野外的绿地上一样自然。我们排了三个小时，她们自己玩得很好，除了出去上洗手间，一直就在野餐毯上看书游戏，那块毯子是她们妈妈像孙悟空的金箍棒一样划定的范围。我有时看两个小女孩一眼，感觉她俩把我们当成一棵棵会唱歌的树，一点都不受影响。

还有一个小男孩也给我留下很深的印象，他是文婉家的老二，去年排练的时候来过。文婉把他放在身边，给他手里塞点吃的，就不管他了。小男孩两岁多一点，乖乖地坐在凳子上看我们排练，坐烦了，就溜下来，拽妈妈的裙子。文婉有时把他抱起来唱歌，他的头冲着我时，我就对他挤眉弄眼。他看看我，转身搂紧了妈妈的脖子。今年一直没见过他，我问过文婉，怎么不把老二带过来？文婉说，有他在，影响排练，能不带就不带。不过最近小男孩来过一次，还是一个人坐凳子上，手里握着一个芝士汉堡，一小口一小口地咬。到底是大了一岁，可以吃汉堡了，去年他手里握的是一个小包子。

昨天晚上，是比赛前最后一次加排。除了出差的，都到齐了。我们深感已经是箭在弦上，不得不发，但又有点心虚，总觉得没有准备好，所以分外用心，眼耳口心一点都不敢分神。

顾指在其后的排练日记中，第一次肯定了大家。我想，或许我们可以进决赛了吧。

昨晚练声之前，每个人要先做五十个仰卧起坐、两次平板。我们努力让自己的身体摆脱地板，每一秒都能强烈地感觉到身体的变化，手肘、背、肚子、腿，还有脚尖都在提醒我们它们的位置。时间是按秒来计算的，倒计时最后一秒的时候，大家啪地倒在地板上。接着，大家从地板上爬起来，开始练习发声和音准。顾指用拳头依次顶住每个人的小腹检查气息，快轮到我时，我赶紧深吸一口气，沉到小腹，把状态保持住。

比起那个未知的荣誉，那一刻的感受是如此真实，好像直接触摸到了生命。

二 错过了火车

7月13日早上6点我就起床了，煎了两个鸡蛋，觉得不够，又洗了黄瓜和西红柿。吃早餐，洗头换衫，把晾在阳台上的衣物收回来。临走之前，拿了本书塞进箱子，结果箱子关不拢，反复腾挪，最后只好把电热水壶拿出来了。

拖着箱子挤进地铁，一路上，伙伴们都在实时报告她们所达站点，住在番禺的离广州南站最近，已经到南站了。我心里开始着急，打开手机上的秒表，计算地铁从一个站出发到下一个站关门的时间，平均下来在两分十秒左右，这样算一下，心里稍觉安慰。

南站大厅里人很多，自动取票机前面排着长长的队伍，而这时火车差不多要开了。我很确定是赶不上这趟车了，心里反而不急了。

伙伴们在群里呼唤："快跑起来。"我回复了一个挥手的表情："香港再见吧。"

带着反正已经错过的释然，去找改签窗口。售票大厅里满满都是人，显示屏上提示，办理车票改签，应不晚于开车前三十分钟。也就是说，之前买的票作废了，只有重买一张。

购票软件上已经没有票了，在售票窗口排了五十分钟还是没票。售票员建议先坐到深圳北，再转去香港西九龙。然而最快去深圳的票，也是两个小时以后的了，而且只有最贵的那种。我就说了一个字："买。"

直到坐进商务车厢，把自己的腰妥帖地安置好，才感觉到又累又饿。

这节车厢只设了五个座位，红色的皮质沙发椅还配了同款的靠垫。服务员适时地送上零食包和瓶装水，并拿出小本子，请我点一个盒饭，其实也只有两种可选：鱼香肉丝饭和辣子鸡饭。看来买了贵价票的好处是可以宽敞地吃一个免费盒饭。

辣子鸡饭才吃了一半，服务员就过来收拾了。我以为是中途停靠，继续埋头吃饭。辣子鸡应该是冷冻后重新加热的，鸡肉嚼起来有点费劲。服务员很奇怪，问我："已经到站了，你是要吃完才下吗？"

三　半夜哭泣的小雪

我们二十七个人都住在同一楼层相邻的房间，同屋的小雪比我先到酒店，出去吃饭还没回来。我把窗帘拉紧，关了灯想先睡个午觉。还没睡一会儿，小雪就回来了。

小雪打开行李箱，把衣服一件件拿出来挂。她的箱子很大，还带了两个女儿的物品，她说，初赛结束后，老公会带两个女儿过来香港，说好了一起去迪士尼。

我把头埋在枕头里继续睡觉,房门开着,一会儿进来个人,说两句话,又走了,蒙眬中好像回到了大学女生宿舍。

等我终于坐起来发呆的时候,小雪已经把演出服烫好了,挂进了衣橱,还顺手把我的演出服也烫了。

这次来香港之前,听她说过半夜痛哭的事情。我问她:"你真的半夜在家里哭吗?"

她说:"是真的。就是前几天,大约凌晨两点多吧,我头一直痛,睡不着,就起来背歌词,背着背着,头还是很痛,就哭了。"

想到她一个人坐在黑暗里背歌词,还哭起来了,我忍不住笑了。这么看来我真是个心很硬的人。

比赛前半个月,她去美国出差了十多天,回来后要处理积压的工作,管两个女儿,还要排练,头痛肯定都是累的。

我接着问她:"现在好点了吗?"

她说:"还有一点不舒服。"

我说:"那我们练一下第二首歌的动作吧,我很担心拍手拍错方向。"

这次参赛的第二首歌,是一首西班牙歌曲,里面有许多拍手的动作。我俩练到第四遍的时候,隔壁的伙伴过来敲门,叫我们去吃晚饭。

四 有粉丝了

这次能以如此"高龄"参加世界青少年合唱大赛,我觉得自己很幸运,属于二十九岁以上成人组,并没有超龄。

初赛场地设在荃湾大会堂,我们提前两个小时就到了会场,在走廊上做最后的准备。

正在开声的时候,俄罗斯的少女爵士合唱团到了,她们都戴着白帽子,穿着白色上衣、黑色长裤,手上拎着服装袋,大踏步地走上台阶。夏日的阳光照在少女们金色的头发上,闪闪发光。我不禁朝她们的方向走了几步,想看仔细一些,指挥顾昕眼尖,即刻把我叫回来。好遗憾看不到她们的现场,很明显她们属于青少年组。

进场后我特意披上羊毛围巾,香港的空调一如既往地冷,让身体保持温暖很重要。我看见我们的钢琴伴奏嘉莹一直在搓手。

我们是当天最后一个上台的团队,第一首歌是无伴奏苗族歌曲《春》,据顾指后来说是排练以来完成得最好的一次,歌曲的强弱处理得不错。

第二首 *Yo Le Canto*,是一首西班牙歌曲,旨在表现成熟女性的洒脱和决绝。练习时,指挥总说我们的眼神不够凶。所以在台上,我一直用力盯着对手唱,想让她们感受到我们如虹的气势。

练了三个月,两首歌一下子就唱完了,走出音乐厅后,大家都有些意犹未尽。

有几个小学生一直盯着我们的钢琴伴奏嘉莹看,她们都穿着紫色的裙子,应该是来自杭州的一个学生合唱团。小女孩们看了一会儿,小心地过来要求拍照,还说她们的老师也很喜欢嘉莹,说她弹得非常好。

嘉莹尚在校读大三,她喜欢穿黑色衬衫、黑色长裤上台弹琴，一贯帅气。而且那首西班牙歌曲的伴奏确实有难度，大家都笑说，嘉莹的手指快到好像飞起来了。嘉莹自己说，上台前手还抖呢。

初赛的结果当天出不来，不过嘉莹的粉丝群已经远至浙江了。

五　客房服务员和梁司机

酒店的客房服务员每天上午都会来整理房间。有一天来的女服务员很面善，短发圆脸，四十岁上下的样子。她一间房一间房收拾过去，我们住的房间都有歌声飘出来。她看到我们三五一群在房间里练歌，就用普通话问我们是来自哪里，我告诉她，我们从广州过来，参加合唱比赛。

她说："看你们在一起练歌，真好。让我想起读书的时候，我以前念的师范，也学过唱歌。"

我问她以前在哪读书，她说在广东台山，难怪她的普通话和粤语都说得那么好。

她收拾完，放下两瓶水，悄悄地带上了门。

梁司机是租车公司的司机，开一辆中巴，负责接送我们去荃湾比赛。每次我们上下车，他都转过身来，微笑着和我们打招呼。

后来熟一些了，他说，做了这么久的司机，还是第一次接送"成车唱歌的女仔"。

7月16日那天，我们去沙田大会堂参加大师工作坊。听说之前沙田那边发生了一些事情，梁司机对我们说："唔使惊，依家冇事了（现在没事了）。"他把车一直开进地下停车场，停在步入大堂的入口处，并交代我们，走之前打电话，他开到下车的地方来接。

那晚回酒店的路上，大家唱了一首参赛的歌给梁司机听。

六　来自北欧的歌声

我们住的酒店位于尖沙咀，离美丽华商场很近，每次经过时，我都想着，要找机会逛一下，然而一直到离开那天都没有去过。排练、比赛、参加工作坊、观看音乐会，已占据了所有时间。

有一场大师工作坊，是和乌托邦与现实室内合唱团一起排练。指挥是挪威北极大学的合唱指挥拉斯穆森教授，他也是乌托邦与现实室内合唱团的艺术总监及指挥。

拉斯穆森教授穿一件黑衬衣，中等个，身材壮实。尽管音乐厅空调开得很低，他又大又亮的脑门上还是渗出了细碎的汗珠。他为这次的工作坊专门做了一个PPT，给我们介绍生活在北极的萨米族人的音乐，以及他们独有的"狼歌"。歌声中模仿狼啸的部分格外打动人心，瞬间令人感受到了北极的严寒和寂静。

萨米族人，是曾居住在斯堪的纳维亚北部达数千年之久的游牧民族的后裔，人口大约七万，其中四万人生活在挪威，被称为欧洲"最后的土著"。近年来，萨米族人的生活方式在改变，文化也在逐渐消失。

拉斯穆森教授的介绍，一下子就拉近了我们和萨米族人的距离。最能体现一个民族气质的就是他们的民歌了，萨米族人的音乐空旷辽远，质朴而又纯净。

"璀璨星空下，北极光在蜿蜒舞动。"

"风低啸着，我们握着手，这样就不会感到寒冷。"

其实歌词我一句都没听懂，这些画面都是因为乌托邦与现实室内合唱团的现场演绎而想象出来的。

工作坊结束后的当天晚上，我们在香港文化中心，再次欣赏了乌托邦与现实室内合唱团的现场演唱。

有一首歌，没有一句歌词，台上的歌者用手遮住脸庞，随着节奏和声音强弱的变化，手掌快速地开合和移动。这首无字之歌将现代人的压抑和渴望表现得淋漓尽致。

可以看得出，指挥把对艺术的理解、对生活的思考，放进了一首首作品里。歌者们对作品的理解也非常到位，他们用歌声传递出生命本身蕴含着的力量。

这个由歌唱家组成的合唱团，二十三名成员分别来自挪威、斯洛文尼亚、瑞典、卢森堡等国。每个人既独特又和谐，他们站在台上，宛若北欧挺拔的树木，二十三个人就站成了一片树林。当风吹过，树林便哗啦啦地发出悦耳的声音。

唯有歌唱，可以让不同语言的人们直接触摸到彼此，看到彼此的灵魂。

那天晚上，音乐会结束的时候，我们收到了组委会的通知，笙悦获得了成人组的冠军，晋级第二天晚上的总决赛。

顾指叫大家赶紧回去休息，但我和锦伟还是逛了一会儿才回酒店，这是我们到香港几天来最放松的一个晚上。

坐下来吧,泰姬陵

八年前的国庆节,我和朋友去了一趟印度,在新德里待了一晚,然后直奔泰姬陵。

起程前想象的泰姬陵,是"爱情谢幕的一刻",白色大理石营造的建筑物,冰冷凄清,就像"永恒面颊上的一滴眼泪"。可是到了泰姬陵的入口处,却有点吃惊,像是到了公园门口,本地人比游客还多。

陵墓在园子的深处,进去之前要脱鞋,长长的台阶下面,挤满了各色鞋子。而印度的男式凉鞋款式雷同,让人有点担心有人出来后,会找不到自己的鞋子。

我和本地人一起,绕着石室转了一圈,再进到里面,踮着脚尖瞻仰石棺。之后,行程似乎已接近尾声。

但这个奢华的白色建筑,好像弥漫着一股"坐下来吧坐下来吧"的吸引力,走出石室的人们,三五成群地就地坐下,聊起了天。我也找了个空地靠着,打量起了当地人。

那时,智能手机不像今天这么普及,大多数人都还用相机拍照。我带了一个卡片机,有23倍变焦,可以远距离地拍些印度的风土人情,而不致招人反感。

几个十三四岁的少女首先引起了我的注意。除了一个少女身着长袍以外,其他几个都穿着印有兔子或小熊图案的短袖T恤。看样子是几个同学约好一起来秋游的,另外一个正指挥着大家拍照。穿传统服装的少女,面对我们这些游客的目光有点害羞,侧过脸偷笑。趁着她们调整姿势的间隙,我也赶紧拍了一张少女秋游纪念照。

接下来拍了一个殷实家庭。妈妈穿着米色的纱丽,坐在右边。爸爸裹着深蓝色的头巾,穿蓝灰色的上衣,坐在左边。中间是穿粉红T恤的女儿和儿子,四五岁的小儿子头上还包着粉红头巾。两个一大一小的男人,头上都包得密不透风,看不到一根发丝,抿着嘴,端正严肃。反而是小姐姐最放松,抱住弟弟的肩膀,咧着嘴笑。

我远远地拍了这个家庭的好几张照片,终于被发现了,他们过来客气地跟我打招呼,递了一张名片给我,请我回国后,把他们的照片发到邮箱里。

我欣然应允,之后就大大方方地拍起了家庭旅游纪念照。正拍完这家拍那家的时候,一个妈妈牵着两个孩子走了过来,请求我给她们三个也拍一张合影。这个妈妈面容瘦削,身上的褐色纱丽有些旧了,左右手分别拉着一个男孩,其中一个孩子的裤脚卷了好几褶搭在脚面上。母子三人靠在一起,看着我这个陌生的异乡人,等着我按快门。拍完,她合掌致谢,就带着孩子走了。

这个妈妈既没有问我要照片,也没有给我邮箱,是她根本就没有邮箱，还是她只是想在泰姬陵前合个影，让自己的孩子和其他孩子一样，被认真地注视呢？我还来不及想明白，他们就已经没入人群中了。

回国后，按邮箱地址依次将照片发了过去，然后上传了部分相片到QQ空间保存，泰姬陵之旅就算告一段落了。

写这篇短文时，我特意打开好几年都没更新过的QQ空间，翻看那次印度之行的相片，秋游少女和包头巾的家庭都在，独独不见了那母子三人。看来，八年前上传照片时，只选了颜色鲜艳、笑容灿烂的照片，而母子三人的衣着和面容都有些拘谨黯淡，被放弃了，我现在有些懊悔。

我们看到的，永远是自己想看到的，我们的眼睛并不如想象的那么可靠。

一如被誉为印度明珠的泰姬陵，人们更愿意看到的是一往情深的爱情、穿越时空的思念，有谁理会背后纷争的往事呢？

这座白色的建筑物，适合三五知己坐着说说话，或者什么都不说，只是坐着，看空气中的微尘细小到透明，而时间如一颗水珠，跌入干涸的田地里，瞬间消失不见。

一切活在时间之中的，必然死在时间里。而只有泰姬陵的美超越了时间成为永恒。

如果有机会再去泰姬陵，我想和朋友们一起，盘腿坐在白色的大理石地板上，等太阳下山。据说，斜阳西照下的泰姬陵是它一天中最美丽的时刻，白色的泰姬陵从金黄、粉红逐渐变成暗红、淡青，直到在月色中，回归银白。

星星之约

我们从广州出发去印尼的前一个星期,狮航的一架客机从雅加达起飞十余分钟后坠海。虽然订的不是这家航空公司的机票,但内心仍不免惴惴。

而筹备这次观星之旅,小皮提前两个月就翻阅了无数星空摄影攻略,考虑到大家只有五天时间,他把地点定在了印尼的布罗莫火山。

为了避开他人狐疑的眼光,我们三个人只在微信小群里畅想布罗莫火山的满天星斗。三个人里,另一个是阿诺,他是小皮的高中同学,职业是公务员,好不容易才请到假出国的。

临出发前一天,小皮有点沉重:"接下来的五天,泗水可能会下雨。"他说之前查过历史数据,这个时间段的天气还行,但今天一查未来五天天气,情况不妙。

去某地看星星与去动物园看大象最大的区别是不确定性。除非发生不可抗力因素,动物园里的大象馆,一定会有大象在那里等你。而星星却很难说,就算天晴,但云层太厚,都会让你败兴而归。

"好吧，就去看看火山都好。"

我把要脱口而出的埋怨咽下去了，抱怨是最于事无补的坏习惯。

而且之前小皮说过，他的外公是印尼归侨。七十多年前，小皮的外公刚五岁，跟着大人在海上坐了很久很久的船，从泗水回到了广州定居。我没见过小皮外公的相片，想象中他的外公还是一个小男孩的样貌。当年，他的父母牵着他踏上广州土地的时候，五岁的小人一定觉得新奇又陌生吧。

到了出发这天，快到安检通道了，就看见小皮和阿诺，踮着脚在张望，满脸焦虑，望眼欲穿，霎时觉得和他们俩亲近了许多，好的关系就是彼此需要。

推着箱子来到他们跟前，原来是他们俩的电池超过了携带数量，担心过不了安检，急需我为他们分担两块。

待我们登机的所有设备都安然过了安检，阿诺才放松地摘下了他的棒球帽，我一看，果然是做好了功课才出来玩的。

他后脑勺的下部，剃了一个六边形，但只有一半，另一半隐入上面的头发，像是被乌云遮住一半脸的星星。而两鬓各刮出五道棱，棱和棱之间的界线非常清晰，如果非要和六边形放在同一幅画面里面，算是星星散发的光芒吧。

我们就这样和闪闪发光的阿诺一起待了五天。话说最后一天准备乘机回广州了，阿诺说怎么办，肯定不能顶着这样的发型回去上班，要找个地方理发，把这些棱刮掉。

我打量了一下他的脑袋，如果把半个六边形和耳朵两边的棱全部刮掉的话，那么只能剃个锅盖头："为了维护一个公务员严肃又端庄的形象，看来你只能留头顶一圈的头发了。"

阿诺爱惜地摸了摸自己的头发，拜托司机给他找一个好一点的师傅。

那天晚餐前，小皮和阿诺回来了，阿诺的头发果然成了一个锅盖，好在印尼师傅的手艺不错，这个锅盖有起起伏伏的坡度，很有性格。

再说回到达布罗莫火山的第一天，阿诺坐在我前面，那时半个六边形仍然熠熠着。我们是下午上山的，雾很大，从车窗伸出手去好像都能抓住。待安顿下来，天已半黑。小皮无心吃饭，在餐厅对面的平台上，架好三脚架，想要捕捉些许星光。我朝他指的方向使劲地看，也没有看见星星，远处的天空黑麻麻的，感觉快要下雨了。我们商量了一下，决定仍然按照原计划，凌晨1点30分出发，去山顶看日出。

收好三脚架，回到餐厅吃饭。司机拿出手机，放他小儿子的视频给我们看。小男孩看起来有两岁多了，笑呵呵地跳来跳去。

孩子永远可以拯救人类沉闷的人生，我们的心情好了许多，一边用餐，一边愉快地用零碎的英语和印尼司机交流。

吃完饭回到房间就睡，凌晨1点30分，闹钟响了，打开门，小皮和阿诺已经站在院子里说话了。

我仰头一看，哇，银河出来了，星星们在夜空中高傲地闪亮，俯视着地上的我们。

布罗莫的咖啡

平生第一次馋别人的咖啡是在印尼。

那是2018年七月的一个凌晨,大约3点多钟,我和朋友小皮、阿诺正在布罗莫火山的观景台,准备观看日出。

从广州起飞前,小皮就做好了功课,一定要抢占观景台的最佳位置。所以到布罗莫火山的第一个晚上,我们半夜两点就起来了。

司机载我们上山之后,到观景台还须步行一段距离,正是黎明前最黑的时候,水泥台阶在黑暗中隐隐约约的都看不清楚。

小皮再次显现了强大的筹划能力,他把我们带到观景台最前面的铁丝网前,不让我们坐水泥台阶,他说:"待会上山的人就多起来了,坐着的人完全会被前面站着的人挡住镜头。"

凌晨3点不到,我们已经抢占好了最佳位置,三脚架前面无人可以阻挡。在山上待了半个多小时后,开始感觉到冷了,黎明之前的凉沁人心脾。我穿的是抓绒的外套,身上犹可,但鞋底太薄,冷气从脚下钻上来,冷得站不住,只好左脚右脚原地踏步轮流踩地。

阿诺穿得最单薄,冷得哆嗦。小皮的夹克里面还套着薄羽绒,他就把外套脱下来给阿诺穿,宽大的夹克套在阿诺身上还是透风。阿诺跑去找司机,一起去买咖啡。上山时,司机告诉过我们,入口处那间小屋,有热饮提供。

过了一会,阿诺举着两杯咖啡回来了。可能是怕洒了,他走得很慢,一步一步挪到我们跟前,递给我和小皮一人一个纸杯。纸杯很薄,好像稍稍用力都会变形。热咖啡经过几分钟的运输已经有点温,我几口就喝完了,杯底余下一层没溶完的咖啡粉。

印尼据说是世界上最大的咖啡生产国之一,这个国家最好的咖啡种植区在爪哇、苏门答腊、苏拉威西岛三个岛,而布罗莫火山就在爪哇岛的东部,可是我喝到的咖啡却非常业余。

我问阿诺:"这杯咖啡多少钱呀?老板用的咖啡粉有点一般噢。"

阿诺说:"约人民币十块钱。"

我叹了口气,能在这荒山野岭上喝上一杯甜滋滋的速溶咖啡,就别抱怨了。

这时三三两两的有人上来了,他们的脸在黑暗中,像是像素很低的手机拍出来的画面,模糊不清。有几个人在水泥台阶上找了个位置,坐下了。

其中有一个男子,看轮廓像是当地人。他掏出一个金属物件,噌地一下打着火,原来是一个酒精炉。酒精炉的火光很弱,在黑暗中闪着蓝色的小火苗。男子从包里又拿出一口小锅,然后又掏出一瓶水,倒了点水到锅里面,把锅放在炉上,开始煮水。

我在山上无所事事地等了一个多小时，终于有景可看了。只见他在包里又掏出一个物件，在火苗的映照下，这件家什闪着古铜色的光泽。男子左手扶住它，右手握住手柄，开始转动。啊，我明白了，他带了手动咖啡机，正在磨咖啡豆。

我以前也去咖啡厅，但从未如此仔细地观察手制咖啡的过程。男子除了煮咖啡的器具，好像别的什么都没带，连手机都没有掏出来，也许他根本就没带手机。

天还没亮，男子不疾不徐地磨着咖啡豆，酒精炉微弱的光照亮了他的脸，他的脸上散发着一种"我要认真煮咖啡"的神情。

咖啡煮好了，他倒在杯子里，一点点地喝着，等待日出。

那天早上的日出一如想象中的绚丽，我们咔嚓咔嚓地拍了很多张照片，火山冒出的青烟在朝霞的映衬下尤为壮观，但我总有些怅然若失，为什么非要站在第一排，非要把黎明的第一缕阳光摄入呢？其实，第一缕曙光和第二缕曙光是没有区别的。

如果下次再去布罗莫，我也什么都不带，就带上保温杯，装一壶热茶，坐在台阶上静静地等待日出。

一匹马、一棵树

凌晨2点30分,我和同伴背着包,一步一步,走得很沉重,身旁有一匹马,也在沉默地走着。

这是在布罗莫火山上的第二个凌晨,吉普车只能送我们到观景台的门口,余下的路要步行上去。后来我看了手机上的运动数据,从门口走到观景台,相当于爬了三十六层高的楼。

我们定在2点30分上山,就是想赶在其他人前面占个好位置。下车的时候,天空黑得发蓝,一仰头就能看到银河的絮状星带。虽然是冬天,星星不如夏季多,但天气真好,星星们亮得很坚定。

下车处有一个小屋,亮着灯,门口有三个人、两匹马。有个人牵起一匹马,走过来招呼我们。印尼这边做生意的小贩没有大声吆喝的习惯,他轻声地说了几个单词,我们冲他摇摇头。上坡路太陡了,我怕坐在马背上会掉下来,何况还不会骑马。

马的主人牵着马和我们一起往上走,也许是想着,我们累了就会改变主意吧。

路上除了我们几个人走路的呼吸声,就是马蹄的声音。脑子尚处在平躺睡觉的状态，但身体却在走路，而且前一天是凌晨1点30分起床看的日出，今天再次早起，好像脚都提不起来。走了十多分钟，到了阶梯路口，马的主人和马转身往回走了。

心里好感激这匹马，在清冷的山上，陪我们走了这么久，但我连转头的力气都想节省，就在心里向这匹不知长相的马儿挥了挥手。

阶梯旁边也有一个搭得很潦草的小店，门口摆了两条加长加宽的木凳。看店的人生了一堆火，边烤火边聊天。看来，这是登山的人能买到东西的最后一个小栈。

我和阿诺坐下来歇一会儿，小皮先去探寻最佳拍摄地。

快3点了，上山的人多了起来，多是亚洲面孔，也有白人，看起来都是几个朋友约在一起上来的。山顶嘈杂了许多，头顶上的星星似乎都黯淡了。

气温不到10摄氏度，我把手放进口袋取暖。真想找张床，躺平了睡觉啊。想放弃的念头一股股地冒出来，我又打怪似的把它们压下去。

前去勘测的小皮还没回来，坐在我旁边的阿诺说，要不你在这等吧？我想回车上睡觉。

我劝他，还是一起上去吧，再有几分钟就到了。

这时，小皮回来了。他说他找到了之前在一本摄影书上看到的树，叫我们去那棵树那里。

说完他自己先走了，把我和阿诺甩在身后。我们俩又歇了会儿，在微信里问了小皮的位置，走上去不到五分钟就找到了那棵树。小皮已经支开了三脚架，挂上了轨道，一副要搞大事的样子。

我们站的位置和火山口之间隔着一块盆地，盆地上空浮着雾，凝滞，厚重。而火山口冒出的烟和雾一样是青白的颜色，在黑夜的背景下，像是一幅水墨画。

当人全神贯注于一件事时，才可以体会到事物的美。我们在那棵树底下站了三个多小时，能移动的宽度不超过两米，但一点也不觉得累，因为天亮得太快了，这一分钟和下一分钟的天空都不一样。

6点多钟，我给小皮拍了一张背影。远景是冒着浓烟的火山口，近处是那棵伸展着枝丫的树，小皮踩在一根倒卧的树干上，好像悬空站在山顶，而照片拍不到的地方，似乎有史前巨兽出没。当然，除了他那件红色的羽绒服太过臃肿，其他都很完美，像那本摄影书上拍的一样，不过，图片上的背影是一个穿着白色纱裙的女孩。

天完全亮了，观景的人慢慢散去了。我们随阿诺撤到了半山腰，阿诺带了一个无人机，他要近距离地拍摄火山。

无人机飞起来了，越飞越高，朝火山飞去。我们的视线一直追着它，真担心它飞不回来了，阿诺说，不怕，我换了电池，电量够。

七八分钟后，头顶出现嗡嗡的声音，无人机飞回来了，我们禁不住跳起来了。

那种快乐的心情，只有还是个孩子的时候出现过。

就像是在沙坑里没完没了地挖沙子、挖隧道这样单纯的快乐，自从告别那个小小的儿童世界以后，已经过去了多少年呢？

像星星一样的朋友

长假前的周末，我们一行四人去看星星。其中一人直到临出发前的中午才确定，他是朋友的表姐夫，于是我们全都叫他"表姐夫"。

表姐夫四十岁上下，从跟我们会合这一刻起，他就没有停过。接过方向盘，一路高速公路开到缺牙山。对了，因为上午他还在处理工作，我们先去他上班地方的大门口等了一个多小时，然后又去他家拿行李。我们正焦急地等他下楼时，他居然打电话下来问要不要把盐带上，可以到山上滚个靓汤。

到达山顶，表姐夫卸下摄影器材，观察了一下地形，架起三脚架就开始拍日落。晚霞散尽之后，他收拾好器材，烧水煮面，又顺手给每个人搬了一块石头当凳子。

洗完碗，表姐夫烧开水给大家冲茶。我们正在喝茶的时候，他把帐篷拿出来，三下两下就支好了。这时，我以为他会停下来喝茶了，没想到，他又把帐篷搬上了一个小山包。但不巧的是，突然飘起了一阵小雨，表姐夫站在小山包上思考了一会，把帐篷再次挪回到汽车旁边。

表姐夫这一系列的劳作如行云流水般自然舒展,好像他一出生就在野外生活,我们差点忘记了他的职业是警察。

雨丝飘过之后,星星终于出来了。表姐夫拿出手机测了测位置,他说,没错,这里就是银河的星带。

晚上10点多钟,不时有雾飘过。大家架好了三脚架,趁雾散开之际,抓住时机拍星星。山顶上没有灯,表姐夫戴上头灯,走来走去,他也不怎么搭理我们,兀自寻找最佳的拍摄位置。

我的三脚架出了点问题拍不了了,我就给表姐夫当模特。表姐夫安排我坐在风车下面,打着手电筒,凝望星空。我凝望得脖子都酸了,表姐夫仍觉得不满意。他一边拍一边喃喃自语"不行,太亮了",或者"不行,太暗了",然后调整相机参数又来一遍。

半个小时后,表姐夫勉强结束了这一环节。

到了晚上12点多,终于收工了,表姐夫迅速地收好器材,钻进帐篷养精蓄锐。

1000多米海拔的山上,只有我们四个人在山顶上过夜,四周黑黑的,天很高,星星很近,风车的手臂慢慢转着圈,"唰、唰……",发出海浪一般的声音。

这样的天高地远,地面上的我们和天上的星星都像宇宙里的一粒沙。或许哪颗星星上,也有像我们一样的人在眺望,地球可能淹没在群星当中了吧。

很多人都想当月亮,在人群中间被人注目,其实我们都不过是无数星星中的一颗而已。但是，星星一样可以闪闪发亮，好像表姐夫这样。

我一直没睡着，有个同伴打呼打得气吞山河，就像汽车喇叭在旁边不间歇地按了三个多小时，真是吵得连星星都不见了。

快到凌晨4点的时候，打呼的同伴醒了，大叫出来拍星星，这时星星已经落到了天空的另一边。而表姐夫早已收拾停当，正在拍最后的星空。

我站在边上随意拍了两张，就回去睡觉了，一则山顶风太大，再则彻夜未眠太困了。当天完全亮了以后，表姐夫动手烧水又开始做早餐。

表姐夫训练有素又怡然自得的样子，让其他三个同性异性，同时爱上了他。我们时不时地甜甜地叫一声"表姐夫"，想让他知道，他的付出我们感受到了，而我们无以为报，只能多叫几句"表姐夫"。

拥有朋友，是一种奢侈。这是成人以后，才惊觉的。因为从友情的角度来看，即便是在亲密关系中，也未必存在，有时会令人绝望。

而朋友，还真是漫漫长夜般的人生中那一点点星光啊。

冬天里的小火车

广州今年冷得突然,前一天我们还穿着短袖笑嘻嘻地看北方下雪,第二天就气温突降。有个同事来不及换季还光着脚,脚背被冷风吹成了乌龟的壳,裂纹丛生。

广州终于入冬了,而之前订好的秋游刚好就在那一天。

一早出来正是上班高峰期,一边开车一边心里着急,担心错过集合时间。以前,总认为坐公交车就能到的地方没什么意思。但时间治愈了我的势利眼,现在哪怕是在院子里散个步,都觉得树木怎么长得那么好。

停好车赶到集合地点,其他同事已经站在路边等了,我赶紧加入进去,大巴什么时候来都不要紧,关键是我们在一起。

要去的地方是南沙的一个公园。进得园内,一匹枣红色的高头大马立在正中,身上印满了六边形的白色雪花。从马头往下,枣红色是渐变的,至马蹄处已是浅红。除了渐变色有点让人纳闷之外,枣红马和另一匹白马都膘肥体壮的,让人感觉到了生活的圆融和富足。

绕过两匹迎客马，是一大片花田。空地上，有学校正在组织亲子互动活动。小朋友们很兴奋，在老师的组织下围成一个大圈，家长站在孩子旁边。只听见一个女老师用扩音器在喊，家长们，请放下手机。

我们哈哈大笑，继续往里走，路过一座像积木一样鲜艳的城堡酒店、一个和缓得过分的小型过山车，以及在小溪里游得很惬意的一群白鸭。

最好看的还是花田，左边是黄色的向日葵，右边是紫色的薰衣草，中间一片最大的花田里面铺了轨道，有小火车在花田里穿行，车窗外是伸手就能摸到的花朵。

回头去看花田，往回走的花径上，迎面遇到另一群同事，大部分是九〇后。平日年轻的他们，今天在满园的小朋友中间也显得分外沧桑。

我问他们："那边还有什么可看的？"他们说："没什么了，就这些。"我们两组人马擦身而过，身边的小火车里，小朋友们笑靥如花。

整个公园里面，小火车是最令我羡慕的项目，边走边回头看了两三次，深深感受到了设计师对成年人的不屑。我现在正走在通向第二个童年的路上，俗话说返老还童，总有一天也是要坐的，为什么小火车建得这么小？

广州的大商场内，也有这种给小朋友坐的小火车，开得很慢，家长们就跟在旁边走，沿途是一家家商铺。今年夏天，小暖带着一岁多的女儿过来广州玩。她女儿也被小火车吸引住了，一直用手指着小火车要过去看。我抱着她在商场的小火车售票处站了好久，我们俩都因为年龄的限制没办法上车，只能站在终点看别的小朋友坐上小火车转圈。

坐在里面的小孩子，年龄大一点的，都笑眯眯的，有的还朝车窗外挥手；年龄小的都很严肃，毕竟玩具火车突然增大了几十倍，自己还坐进了里面，接受这样的魔幻现实需要有个过程，常常是火车开到终点，小孩子才带着恍然大悟的神情从火车上走下来。

记得大约四五岁的时候，跟着父母坐火车回老家探亲。我妈说，那时要坐两天两夜的火车，很辛苦。但记忆里一点都不觉得累，和妈妈一起坐火车，心里满是新奇和快乐，哪里还有丝毫缝隙放得下别的情绪。

而留在脑子里的，只有自己跑来跑去的画面。我从这节车厢跑到那节车厢，而两节车厢的连接处有缝隙，可以看到下面的铁轨，我就会站在那里看很久，铁轨一直往后，而火车却一直向前。

我之所以喜欢小火车，可能就是因为这个吧。

从公园出来，买了南沙有名的红薯和莲藕，然后拎着一个大袋子去喝糖水。老板在门口吆喝："双皮奶，多姜少甜走糖……"

要走糖还喝什么糖水啊，我点了最甜的双皮奶。坐在店里慢慢地"叹"双皮奶，感觉这次秋游很圆满。

人生就如在薄冰上跳舞

我的朋友姣姣是佛教徒，2015年她还在读研。我记得那年五月初她们学校放春假，她准备去常去的海边寺庙静修，刚好那几天我有空，我请求她把我也带上。

姣姣早几天就到了，她在寺里做过志愿者，熟悉情况，我到了之后，很快就安顿住下了。姣姣又陪我去买了一件海青和一把小扇子，一直把我送到房间她才离开。

寺里住宿免费，我住的是十个人的小房间，上下铺，在那里已经是非常好的条件了，有的大房间要住几十个人。即使住得这么拥挤，楼道、洗手间也因时时打扫，到处都很干净，一只蚊子都没有，我带的各种驱蚊神器都没用上。

我和三个年轻女孩睡上铺，左下是一家三口，外婆、妈妈带着一个四五岁的小男孩，右下是一个中年女医生。她们都来过不止一次，出出进进很安然自在的样子。小男孩的妈妈买了香蕉，叫小男孩递给我吃。我啥也不懂，先跟孩子妈妈打听起床睡觉吃饭的时间，那天晚上果然一到10点就熄灯睡觉了。

第二天一早4点起床，4点30分进佛堂，我是最后一个离开房间的人，差不多4点25分了，小男孩都起得比我早。等我急急忙忙赶到佛堂，只能坐最后几排。佛堂铺了地砖，地面上摆有蒲团，大家撩起海青的前襟，依序坐下。做完早课，排队去吃早餐，吃完以后回房间休息一会儿，8点30分再进佛堂。

这样晨起诵经的生活过到第三天，我才慢慢适应，能坐到前几排的蒲团了。一天中最放松的时候，是吃完晚餐，约上姣姣她们到寺里最高的平台上看晚霞。南方五月的天气明朗多云，大家都倚着栏杆，拿出手机拍照。时不时有人惊叹，那朵云的形状好像莲花呀。还真是心里是什么眼里就是什么了。

那几天睡到半夜，常听到有小孩的哭声由远及近，又由近及远。半夜听到断断续续的哭声，令人有点心惊。到了第四天和室友熟识了，就问她们有没有听到半夜哭声。她们告诉我，半夜啼哭的是一个小女孩，不到两岁，白天也哭，不过晚上哭得更厉害。送去医院检查过，医生说没有什么问题，但孩子还是日夜不停地啼哭。孩子的婆婆和妈妈就带着她来寺里住一段时间，担心吵到同屋的人休息，婆婆和妈妈轮流抱着孩子半夜在走廊上来回地走，实在累了，就抱着孩子坐在门口的椅子上歇一会儿。

再出去时，我特意去看了看孩子，小女孩胖胖脸，脸色有点灰，还不会讲话。估计是哭得太久，她自己也有气无力了，隔几分钟才抽搭一声，她和她妈妈一样疲惫不堪。

来寺里祈福的人很多，专门带孩子来的也不少。我们要去的佛堂前面，有片小小的空地。每天早上穿过走廊时，都会看见空地上站着一个瘦高的男人，手里抱着一个孩子。男人抱着孩子朝着佛堂的方向，一动不动。可能是孩子还小不方便进佛堂，家长就抱着他在外面站着。天还没亮看不清他们的脸，男人和他的孩子都沉默如雕塑一般。

凌晨4点30分天仍然很黑，男人身上褐色的海青也被染黑了，散发出一股凉意。我和同伴疾步走过走廊，经过男人的身边，甚至都没有停下来一秒，因为4点30分佛堂的门就要关上了，我们不想被关在外面。

从那次去寺里面到现在已经四年多了，我还会想起黎明前站在黑暗里的这对父子。人的一生都像在薄冰上跳舞，总有人不幸被关在门外。但我们就能幸运地一直到终点吗？其实也是个未知数。

寺里最好的房间住的大都是病人，出入方便，离佛堂近。有时候，吃完饭，病人们会坐在门口晒晒太阳，听说，有些人都在那里住了几个月了。是因为没钱治病，还是因为得了花钱都治不了的病，我不敢乱打听。我来这里是为了对治自己的习气的，假如成了一个包打听也是很奇怪。

我听姣姣提起过，寺里面还有一处偏僻的房子，离佛堂比较远，是给一些临终的人准备的，那边也有志愿者过去帮忙。

那年五月，我在寺里住了六个晚上，离开寺院时，我把海青留在门口的架子上。寺里的人说，这个架子是专门用来挂穿过的海青的，他们会收集这些衣服，洗净收好，留给那些没钱购买新海青的老人们。

辜 负

希望一个人快速地接纳自己,并不容易,尤其对方还是一个视障的小孩。

五月初,因为要参加"快闪",我们这些成年人来到少年宫,和雨后彩虹合唱团的孩子一起排练。这个合唱团的成员有普通孩子,也有视障儿童。

老师让我们和身边的孩子主动交流,自由搭配。排练前,我就看中了一个五六岁的小女孩,她梳着两个羊角辫,圆圆脸,穿着牛仔蓝的连衣裙,摇头晃脑唱得很投入。她看不见我,我在她身边蹲下来,轻声请求她:"让我牵你的手好不好?"小女孩一甩羊角辫:"不好。"我只好牵起另一个孩子的手,他虽然不知道我们是谁,但一直笑眯眯的。

继我碰壁之后,我们团的另一个团友弯下身子跟小女孩软声细语地沟通,小女孩也只给她牵了一下下,又甩开了。排练间隙,我问团友:"小女孩为什么不让我们牵手啊?"她说:"小朋友说要摸过我们的脸,相当于是盖过印了,才能牵她的手。"

和我牵手的小男孩，音准节奏都不错，我问他：

"有学钢琴吗？"

"有啊，天天都练琴呢。"

"累不累啊？"

"好累，每天做完作业都要练两个小时的琴，有时觉得脑子都木了。"

"那怎么办啊？"

"我就悄悄在桌子上趴一会儿。"

这个学得脑袋发木的男孩名叫志宏，总想和旁边的人说话，坐在小板凳上扭来扭去的。他的左手被我牢牢地握住，他就用空出来的右手晃来晃去变魔术，对其他孩子说："快看，快看，手指变鸡翅。"其实志宏自己什么也看不见，他跟我说，过来少年宫排练，妈妈偶尔会买鸡翅给他吃，烤鸡翅太好吃了，他就记住了。

那天我们排的最后一首歌是《妈妈，我爱你》。指挥问孩子们，妈妈的爱像什么？孩子们有说像太阳的，有说像蓝天的，有个八九岁的女孩子高高地举起手，"我妈妈像清明时节雨纷纷"，大家都笑了，听起来她妈妈总是不开心的样子。他们的老师也补了一句："我的妈妈就像现在的天气，一会儿天晴，一会儿下雨。"

快闪活动的前一个晚上，我们又合排了一次。那个扎着羊角辫的小女孩来得早，我跑过去跟她说话，又主动伸出手，让她摸我的手表。终于，她答应和我牵手了。我问她叫什么名字，她说叫"传喜"。我正在想，传喜传喜，真是一个喜气的名字，她外婆在一边纠正:"秀秀最喜欢逗大人了,传喜是她自己给自己起的名字,她叫娇秀,秀气的秀。"

我握着娇秀的手,紧挨着她的小板凳坐下了。想着我们团这么多人,总有人去牵志宏的。但唱完两首歌,志宏还是一个人坐在小板凳上,抱着膝盖。我赶紧绕到后面,一手拎起他的凳子,一手牵着他往娇秀旁边走。

志宏说:"我今天很早就过来了,你迟迟不来。"他的语文倒是学得很好,还会用成语"迟迟不来",我无言以对,安排他坐在我的右边,告诉他,左边坐着的小朋友是娇秀。志宏摸了摸娇秀的手,说了一句:"你的手真小,还在上幼儿园吧。"

这天晚上,我一边牵一个,排练很顺利。小娇秀也没有甩开我的手,看来是接受我了。

第二天就是5月12日母亲节,我们按原计划在少年宫前面的广场上集合,负责吉他和鼓的乐队一早把乐器安置好了。想着一会儿在广场上突然开唱,唱完就闪,心里有一丝"恶作剧"式的期待。

第一首歌唱的是*Remember me*,成功地把广场上行走的人吸引了过来。第二首歌开始要和孩子们合唱,娇秀和志宏看不见现场情况,由家长领着在一边等。

第一首歌一唱完,娇秀的外婆眼尖手快,牵着两个孩子的手塞进我手里。可能是乐队的鼓声太响了,娇秀有点慌,想挣脱走开,我安抚了一会儿,急得汗都出来了,她仍在"扭计"。少年宫的老师过来牵起娇秀走到边上,直到音箱声音没那么响,她才安静下来。

接下来三首歌我和志宏唱得很投入:"妈妈,我爱你,永远爱你,愿时间停驻,让我陪伴你……"

　　歌声一停,我们马上就闪。我牵着志宏去找娇秀,把他们两个一起交到家长手里。告别之前,我跟志宏说:"志宏,练琴很苦,但不要放弃噢,以后你肯定超级超级厉害。"

　　不知志宏听清了没有,他笑着跟我挥手道别。我没有告诉他的是,我差点就辜负了他的信任,放弃了他。

　　在以后的生命中,他一定会被辜负很多次,他的人生将在希冀和失落中反复。但他是个会弹琴的孩子,他的难过因为音乐的陪伴,可以少那么一点点。

云游四海

我曾经近距离地欣赏过一个人的文身,近到离我的眼睛只有五十厘米。其实并不认识文身的主人,只是恰好我们坐了同一列地铁,我站在她的身后,视线刚好落在她的后脑勺上。

她后脑勺和脖子交界的一小块皮肤上,文了一个黑色的三角形,目测是一个等边三角形,和大拇指甲盖差不多大小。看过各种各样的、故意露出来的或不小心露出来的文身,没有任何装饰的三角形还是第一次见到。我忍不住看了又看,过了三个站都没想出来它的含义到底是什么。

广州的地铁常常客满,大家都沉默地举着手机挤在一起,一声不吭。特别挤的时候,甚至连手机都掏不出来。记得有一次,我站在一个男青年的身后,看他手机里播放的电视剧,一起看了小半集,他都浑然不觉。

那天看的是一个武侠剧,剧中人无论男女都穿着长长的袍子,举手投足中带着一股仙气。这些仙人不是飘来飘去地互飙武功,就是在谈恋爱。到我出站时,剧中的女主角仍在为爱情流泪,她的眼泪随着那个沉浸在剧情里的男青年一起,被地铁裹挟而去。

精彩的电视剧不是经常能看到,文身也是一样。

有的文身特别精致,比如玫瑰啦、翅膀啦,一看就知道出自专业文身师之手。但就因为太过工整老到,像是印刷品,看过一眼就算了。

有一种文身很粗陋,就一个字"忍",文在左臂或右臂上,位置不讲究,很明显是主人自己刻的,都是另一只手刻字就手的地方。就"忍"字的书法来说,和字帖相比有很大的差距,而且有的字都刻花了,墨水在皮肤上洇开,糊成一团,想想都觉得好痛。而面前站着的这个人曾拿着针一笔笔地在自己胳膊上刻字,忍,忍,忍,也许当时,只有肉体上的痛苦才能盖住其他痛苦吧。这些令人不忍直视的文身,看了让人心里难过。我只能开始刷手机,假装它们不存在。

令人兴趣盎然的是那些不明所以的图形,或是粘连着的英文字母。遇到字母,我会一个一个地辨认,猜它是英文单词还是汉字缩写。字母的主人看起来沉静如湖水,平静的湖面下却可能有蛟龙在翻滚,因为在刻进皮肤的墨痕里,一段刻骨铭心的感情正在发生或者曾经发生。

曾经与那么多丰富的灵魂同坐过一列地铁,至今记忆犹新的只有一个少年。

那是2016年6月的一个晚上,当时我站在自动扶梯上,正从地铁三号线的华师站出站。有个壮实的少年在我前面,他穿着一条黑色及膝的运动短裤,两条小腿格外引人注目。只见他左边小腿从上到下文了四个大字——"云游四海"，右边腿上也有字，但是右腿这一边靠墙，我努力地探了几次头，就是看不到刻的是什么，以至于到今天也只知上联，而不知下联。

那天，我尾随了他两三分钟，想看看这个把"云游四海"刻在腿上的人长什么样，但又怕人误解，不敢跟得太近。少年边走边看手机，出站后很快就消失在了人群中。

年少时，我们每个人心里都有一个云游四海的梦，天高云阔，内心满满如风帆，想象自己马上要出发，两岸猿声啼不住，轻舟已过万重山。

可是人生似乎有那么多一定要去做的事情，做着做着不能舍弃的东西越来越多，我们不想离开，也不愿意离开了。

中年的我们现在拥有了很多，有时还会为自己不再是一个贫乏的少年而庆幸。但是直到有一天，在地铁站看见了一个少年，他的腿上文了四个大字——"云游四海"，我们才知道，自己失去的不仅仅是青春的容颜。

一个人在沙漠消失了

到开罗的第一天,导游就给我们朗诵了一句三毛写的话:

"我每想你一点,天上就掉下一粒沙,于是就形成了撒哈拉。"

大巴正拐弯驶出机场,导游手拿话筒努力保持着身体平衡,这句深情的话歪歪扭扭地掉在了车厢地板上。

旅行就是想象,和购物同一个道理。据说,不少中国人就是因为三毛写的《撒哈拉的故事》,对沙漠抱有莫名的憧憬。

读高中的时候,我也读过好一阵三毛。书里面叙述的风土人情超出了我的认知。它是另一种文明样态、另一种生活方式,因为它如此遥远和陌生,阅读体验洋溢着发现新大陆的色彩。

而我来埃及的目的是看金字塔,没想到迎面就撞上浪漫的撒哈拉。

撒哈拉沙漠,西部从大西洋沿岸开始,东部直抵红海,约906万平方千米,占非洲总面积的三分之一,几乎占满整个非洲北部。

埃及是一个沙漠国家,国土面积中95%是沙漠,首都开罗的东、南、西三面都被撒哈拉沙漠包围。

常规的旅行团一般都是从开罗出发,坐大巴去到红海,之后到红海附近的沙漠浅尝辄止,然后继续南下。

旅行的第三天,我们去往红海。公路的两边都是黄沙,沙漠似乎无边无际。我们乘坐的大巴驶过,带起了路边的塑料袋,现代文明留下的痕迹无处不在。

到红海的第二天,我们就进了撒哈拉沙漠。确切地说,我们只到沙漠的边缘地带一游。途中下车休息,我跟当地的埃及导游伊玛聊天,她突然指着远处说,"水","水"。

极目四望,到处都是沙子,哪来的水啊。伊玛蹦出一个成语,"海市蜃楼"。

"伊玛,应该是湖吧。"远处的远处有一条白线,在阳光的照射下,隐隐闪着波光。我很想让自己的旅程显得比别人的更有价值,也使劲地踮起脚看。

"哇,真是海市蜃楼。"我招呼同伴们快来看。中年女孩们充耳不闻,她们正在摆姿势拍照,其中一个来之前特意换了一身红裙,黄沙烈焰,煞是好看。看来,每个人想让自己超凡脱俗的点都不一样。

回去的路上,我得意地告诉她们,今天看到海市蜃楼了。导游接过话,海市蜃楼不是每次带团都能看到,但要提醒大家,沙漠很大很大,千万不要一个人进沙漠。接下来,她就讲了下面这个故事,是中国驻埃及使馆的工作人员告诉她的。

有位中国女性,从埃及境内只身一人进入沙漠,不知所终。

我问她:"结束了?"

她说:"我知道的就这么多,这位中国女性在沙漠里消失了,找不到了。"

大家唏嘘不已。女孩是不是因为三毛的故事进的沙漠,没有足够的资料我们不好妄自猜测。但这个女孩敢独自上路,应该是一位勇敢浪漫又富有想象力的人。

我查了一下地图,红海附近的沙漠位于撒哈拉东部,而三毛笔下的撒哈拉是西撒哈拉,靠近大西洋,离摩洛哥、西班牙等国更近。

如果想沿着三毛当年接送荷西上下班的沙漠公路,探访广袤的撒哈拉沙漠,绝对不是埃及这一边的。切记。

另外,当年三毛和荷西居住的城市叫拉庸,是西撒哈拉的首府。即使在"结婚的蜜月",三毛和荷西"请了向导,租了吉普车",深入沙漠腹地,也没有去到埃及这么远。

其实三毛的撒哈拉沙漠更多地存在于阅读想象中,而想象也是旅行,千万不要孤身犯险啊。

三 没有人能将我扔进黑暗中去

上坡，下坡，意外坡

十多年前，我带着一把旧吉他去琴行换弦。

琴行小哥熟练地拆下旧弦，将新弦一根根装上去，装完了以后，琴弦多出来的部分在吉他头翻卷，像一朵花。小哥问我要不要剪掉多出来的弦，我连连摆手："不要剪，不要剪。"即便技不如人，有一把开花的吉他，也是好的。

间中又去了几次，慢慢地和店员都熟了。喜欢唱歌的人，好像喜欢打麻将的朋友一样，一句话就知道是不是同道中人。

小哥白天在琴行打工，晚上去街头卖唱。我问他："怎么不去酒吧唱歌呢？"他说："去酒吧唱歌，看起来有瓦遮头，环境要好一点，其实收入没有街上高。有一次，有个电视台的导演路过，夸我唱得好，还给了我五百块钱。我想参加电视台的歌唱比赛，能做职业歌手就好了。"

他说他经常在天河北一带唱歌，叫我有空过去看看。而我一直没去，偶尔看电视，碰到选秀节目，就会多看两眼。

后来琴行搬走了，我也再没遇到过他。

大约是2013年,有天下午经过万菱汇,还不到7点钟,有个歌手就在万菱汇前面的空地上开唱了。

我走过去一看,并不是认识的琴行小哥。正在弹唱的小伙子个子不高,看起来三十岁左右,吉他弹得不错,但歌声并不悦耳。唱歌的间隙我跟他聊了几句,他说他是惠州人,名叫阿健,以前在老家当吉他老师,现在的理想是出一张个人专辑。

阿健说,他一般在天河体育中心附近唱歌,天气不好或者下雨的时候,就只能待在出租屋里,收入很不稳定。前一天晚上,从正佳广场转到天河城再转到岗顶,差不多晚上10点了,连一个盒饭的钱都没有挣到,其间还被附近的保安驱赶。

我加了阿健的微信,他几乎每天都在朋友圈发他唱的歌。偶尔听一下,并不觉得比之前更好。

再见阿健,是在一段采访视频上,节目采访了好几个街头歌手,阿健是其中一个。他对着镜头说,喜欢唱歌,想一直唱下去。那天阿健没有戴棒球帽,汗湿的头发贴在头上,看起来又热又疲惫。

这两年没见他发朋友圈了,最后一条定格在2016年。也许他离开了广州,也许只是换了微信。

偶尔想到阿健,就想起2017年的一部日剧《四重奏》,关于四个才华有限的男女坚持音乐梦想的故事。

小提琴手阿卷、大提琴手小雀、中提琴手家森以及第二提琴手别府,因一次有意无意地偶遇,组成了"甜甜圈洞"四重奏乐队,在别府家空置的别墅排练。

阿卷少女时代是有名的小提琴手,但她放弃了音乐,做了一名平凡的家庭主妇。结婚两年后,丈夫厌倦了,离家出走。

小雀小时候被父亲设计卷入欺诈案,长大后因这段黑历史被迫辞职,她只好在街头拉大提琴赚取生活费。

家森三十五岁了,仍然只是一名发型师助手。

只有别府家境优裕,但出身音乐世家的他,却是家里音乐成就最低的一个,只能做一名小职员。

四个人搬进了别墅一起居住,虽然在生活中,他们仍然错漏百出,但在面对音乐时,态度却出奇地一致。

他们通过别府弟弟的关系,得到一个去剧院演出的机会。剧院根本不在意他们的专业能力,只是要求他们穿上滑稽戏服配合演出,他们接受了。

为了得到餐厅的驻店演出机会,阿卷揭穿了老钢琴手本杰明"只有九个月生命"的谎言。

他们知道自己的才华有限,全力抓住每一个机会。

"我们就像《蚂蚁与蟋蟀》里的蟋蟀一样,虽然嘴上说着想靠音乐生活,但我觉得各位心里已经有答案了,我们没能成为可以靠做喜欢的事情生活的那种人。"

"我觉得没能把喜欢的事情变成工作的人,必须要做出决断:是把它当成兴趣,还是仍然把它作为梦想?"

"把它作为兴趣的蚂蚁过得很幸福,但把它作为梦想的蟋蟀则陷入了沼泽。"

"既然这样,我们不是也只能去抢这份工作了吗?"

四重奏在餐厅演出的第一首乐曲，节选自捷克作曲家斯美塔那的著名乐章《伏尔塔瓦河》。一条大河在梦中穿流，一路席卷着音乐家一生的悲欢和寂寞，渐渐消失在远方。

在写这部作品之前，斯美塔那受到恶意攻击，耳朵已经聋了。他不得不辞去指挥的职务，隐居乡间，过着穷困的生活。在生命陷入最后黑暗的十年间，斯美塔那写下了包括《伏尔塔瓦河》在内的一系列作品。

小雀的大提琴先奏出紧张不安的颤音，然后阿卷的小提琴引领出主旋律，坚定又深情。四把提琴渐次加入合奏，一起推动着河流往前奔涌。

音符奏起的那一刻，期待、失落、悲伤统统都放下了。《伏尔塔瓦河》将四个疲惫的灵魂聚在一起，让音乐带着它们前进。

这几个四流音乐人，之后在大剧院的音乐会，也是以阿卷是"杀死继父的嫌疑人"为噱头才得以举办。他们迎来了满座的观众，有人丢饮料上台，有人中途退场，但也有人在台下为他们喝彩。

电视剧的结尾，四个人坐上了那台写着"甜甜圈洞"的面包车，奔赴下一场演出。

他们仍然是陷入沼泽的蟋蟀，前途未卜。

剧中的小提琴手阿卷曾说，"人生有三个坡，上坡，下坡，意外坡"。这四个人正处在人生下坡的路上，但仍然勉力往上爬。

为了获得金钱和地位的工作，与为了获得创造和自我满足的工作，没有孰高孰低之分，都可以是个人的选择。也许有少数幸运儿两者兼得，但绝大多数人仍然在下坡路上苦苦地爬坡。

对阿卷、小雀、家森、别府他们来说，音乐或者说在一起演奏音乐，就是糟糕的生活中最快乐的事情。

其实不管是谁，最终都会走上下坡路，这就是人生的真相。而且一旦有意外发生，那简直就直接从坡上滚下去了。

而梦想，很多时候并不是为了实现的，而是为了拥有快乐。

那么梦想又意味着什么呢？或许就是剧中潦倒的老钢琴手说的："所谓音乐，就像是甜甜圈的洞一样，因为是有欠缺的人在演奏，所以才会成为音乐。"

这就是甜甜圈洞四重奏一直坚持下去的原因吧。

去年冬天，也是一个傍晚，天已半黑，街灯已经亮起来了。我路过华师地铁站附近，看见一个白人男青年弹着吉他在唱歌。他仰着脖子，歌声仿佛是唱给观众头顶上的虚空听的。他的女伴席地而坐，旁边立了一个写着中文的纸牌子。大意是，从俄罗斯过来的，没有路费了。他们俩的衣服灰蒙蒙的，看起来确实走了很长的路。从冰天雪地来到这个南国城市，用歌声筹措路费，应该还可以走很久。

广州是一个冬天不太冷的城市，在这样温暖的城市里，总是可以在夜晚歌唱的。

没有人能将我扔进黑暗中去

我总以为做一个合格的中年人,就要像沉默的礁石一样,任身边潮起潮落,我自岿然不动。

但到自己中年了,却动不动就要掉眼泪,一点都没有长进,离理想中的样子也是差太远了。

看日本电影《你的名字》,因为少年之间纯粹的感情而眼湿湿,看香港电影《一念无明》,因为亲人之间无奈的隔绝而掉眼泪,甚至连纪念建军九十周年的大片《建军大业》都能看哭了,因为"虽千万人吾往矣"的决绝。

江国香织的随笔集《下雨天,一个人在家》,我觉得是一部写给像我这样的、软弱的中年人看的书。

真是喜欢她写的短文,诚实坦率,虽然描写的是琐碎的生活,但江国香织就有一种让人平静的能力,不由自主地,你会热爱起人生来。

这本书分为四大部分,"哭泣的大人""不哭的孩子""不值得一提的物件们"以及"雨,不喝可乐"。

"雨"是江国香织给自己家的狗取的名字，因为买它的那天刚好下雨。雨的性格率真得惊人，"我"被深深打动了，赞美雨："你呀，从骨子里透露出的旁若无人太让我着迷了。"

她们俩一起喝茶，一起饮酒，一起听音乐，"世界上净是雨和我不懂的事情"。

"我曾经屡次被音乐拯救，现在是被雨拯救。"

"我"还因为太溺爱雨而被妈妈数落了："你呀，对狗也好对男人也好，都宠得太过分啦。"

大人的内心有时比孩子更脆弱，所以大人才需要恋爱，才需要朋友。

江国香织对恋人的态度从来都是毫无保留，她希望拥有这样的恋人："我喜欢长伴身侧的男人。说真心话，甚至不希望他去上班。连上厕所也不希望他单独去。只有去理发店可以另作别论。在理发店把头发剪得短短的，回来的时候变得神清气爽，散发着清新气息，为了这个幸福的时刻，在理发店的这一个小时，我可以允许他离开。"

她说朋友和恋人的区别在于，我和朋友们生活在同一个时代，而"恋人是甜美得几乎灿灿放光，特别得已然无以复加，无暇顾及人生和世界将会如何，这样短暂而真实的瞬间十分重要"。

然而这样的甜蜜瞬间，总会过去，就像生命一样，总被时间限制。

江国香织在《许愿桥》里写道："我希望有一座连接现世与彼岸的石桥。在那拱桥的正中间，死去的人们和活着的人们可以相会。"

这并不是一篇哀伤的文章,反而弥漫着一丝喜悦:"家家酒店都星星点点地亮起了灯,恰是掌灯时分……夏天有萤火虫在飞舞,凉凳摆了出来,远方焰火高高升起,倒映在冥河之上,异常绚丽。"

"我"想告诉爷爷:"像爷爷这样英俊潇洒的男人,至今我只见过一位呢。"

"我还要把自杀的登枝喊到桥上来,因为我有话要跟她说。"

"我"还要为班主任斟上烫的酒,对他说:"我的小说,真的变成书了哟。"

"我们尽情畅饮,还唱起《荒城之月》。"

"就这样,犹如七夕那天重逢的织女和牛郎,问声:你好吗?这么寒暄着,我和死去的人搂着肩膀钻过酒馆的门帘。"

我们和作者一样,时常希望有那样一座石桥,来往行人川流不息,一派繁荣的景象。

这样的感动,在这本随笔集里有很多处,但让我这个软弱的中年人最感动的却是这句话:

"我长大了。如今没有人能将我扔进黑暗中去。准确地说,是几乎没有人。"

每个人心里都有一个雪窗

这是一本安静、朴素的童话书,日本作家安房直子的《雪窗》,每次拿起来翻一翻,都会带给我一丝暖意。

安房直子是日本著名的童话作家,她生性淡泊,深居简出,甚至不愿出门旅行,五十岁时因病去世。她的童话里面有各种动物精灵,只有内心善良又清明的人,才能与它们交流。

《雪窗》里就描写了一只狸,眼珠圆滚滚,尾巴蓬松。在一个冬夜,穿着厚厚的棉衣,跌跌撞撞地向卖关东煮的车摊"雪窗"走来。狸吃了老爹的关东煮后,每天都来,而且总要刨根问底。

于是,有一天,老爹问狸,愿不愿意当助手?狸太开心了,从此在雪窗干起了活,相当卖力。

老爹的妻子老早就死了,女儿美代在六岁时也死了。自从狸来了以后,老爹觉得好像多了一个家人,世间都似乎大了一两圈。

有一天晚上,来了一个十六岁左右的姑娘,说是从野泽村过来的,吃完老爹的关东煮后,一只手套忘记在雪窗了。老爹等了很多天,姑娘始终没有再来,老爹决定和狸去一趟野泽村。经过的路上遇到了小鬼和妖怪，但他们没有停下来。快到目的地时，车摊失去了控制冲下了山坡，当他们俩追到雪窗跟前，发现那个长得酷似美代的姑娘，正笑吟吟地望着他们。这天晚上，姑娘代替他们卖起了关东煮，来了好多客人。老爹和狸在长椅上睡着了。第二天早上，警察把他们摇醒了，他们发现车摊上堆的钱，多得简直让人目瞪口呆。老爹想，那个姑娘果然是美代啊。

老爹的女儿美代已不在人世，但作者的心非常温暖，安排女儿化成雪人回来了。在作者的笔下，死亡一点都不阴冷灰暗，就像书里描写的"像雪的影子一样"。

作者用冷衬托暖，借狸的口向老爹解释它为什么喜欢来雪窗：

"关东煮店太好了，还有'雪窗'这个名字，真是太美了……"

"当然喜欢上了。漫天飞雪里，只浮现出车摊的光晕。窗子里弥漫着热气，里面飞出一阵阵开心的欢笑声……"

《雪窗》忧伤却不悲伤，孤寂无望的心灵在这个小车摊得到了慰藉。只有默默地承受过绝望和孤独的人，才懂得。

这本书是由少儿出版社出版的，它不仅可以给孩子看，更适合给大人看，是为那些内心不安和脆弱的大人写的。因为许多大人还不如孩子，他们找不到方向，不知道自己所处的位置，在各种压力之下，精神世界早已分崩离析，同时又要忍受深深的孤单和寂寞，而《雪窗》这样的童话，就是将所有的纷乱和繁杂归于简单，让大人们意识到，原来我们需要的就是这样一个小小的雪窗啊，然后重新出发。

如果鸡汤是正确的算术公式，那么童话就是内心里的最后一盏灯。

　　童话区别于鸡汤的一个关键点是，童话伴随着情感和想象。童话里有情绪，有呼吸，有人与人、人与动物交流时，细致入微的、内心的悸动。

　　虽然孤独是不可以逃开的宿命，但生命中总有甜美的时刻。

　　接受大自然的馈赠，相信我们也是大自然的一分子，或许，就不会那么在意生与死，自然也不会在意分别了。

　　或许这就是《雪窗》这本书想告诉我们的。

　　我想，我们也有这样的时候，想去"雪窗"坐坐。寒冷的深夜，昏黄的灯光，老爹和狸在车摊上忙碌着……

自己，另一个自己

阅读日本作家山本文绪的《蓝，另一种蓝》，和书中的苍子一样，我把最后的这封信看了不止一遍。信里面有一句话是这样写的：

"这种对生命的执着，到底是从哪来的呢？"

这是苍子B写给苍子A的。写信的苍子放弃了婚姻，开始了一个人的生活。而看信的苍子，和丈夫佐佐木的感情虽已破裂，但她仍然不想离婚。和情人牧原之间的关系，同样是既没有进展，也没有分手。

苍子A，内心其实是羡慕苍子B的："这个世界肯定有另一个我，做着我不敢做的事，过着我想过的生活。"

《蓝，另一种蓝》是一本爱情小说，但又不完全是爱情小说，有些章节犹如悬疑小说，它描写了东京姑娘苍子追寻幸福的过程。

苍子从裁剪专业学校毕业以后，进了一间服装公司工作。但公司没有给她从事自己喜欢的设计工作，反而将她分配到了营业部，每天的杂务非常无聊，上司们的晚饭邀请也让她不堪其扰。

工作两年后，她想辞职了。对于女性来说，工作不如意的话，辞职走入婚姻也是一种选择，何况，日本也有这样的传统。

那时，她认识了二十四岁的餐厅厨师河见，两个人相爱了。然而交往一个月后，上司又硬给她介绍了在广告公司上班、二十七岁的佐佐木。当河见的父亲病倒，河见提出希望苍子跟他回老家时，苍子做出了选择。她在东京长大，理想的婚姻是住在高级公寓，洁净的客厅里装饰着鲜花。她不想去九州过这种照顾丈夫、伺候公婆的生活。

于是，她拒绝了河见，嫁给了佐佐木。然而在她和佐佐木结婚以后，生活却慢慢趋于无聊。佐佐木和以前的女友又恢复了交往，她也交了一个不尽如人意的情人。

虽然可以用金钱和情人来解闷，但她觉得心灵越来越空虚了。于是，苍子决定和情人分手。他们的分手旅行因为遇到台风，飞机迫降到博多的机场。在街上漫步的时候，苍子偶然遇到了前男友河见，她发现河见有一个和她长得一模一样的妻子。原来这个女人就是苍子的"分身"——苍子B。当年她拒绝了河见以后，非常伤心，她的"分身"——另一个自己，给河见打了电话，答应和他结婚，从此过起了拮据又封闭的小城生活。

自己和另一个自己，苍子A和苍子B见面了。一个人的人生之路不能走两次，但是苍子却拥有了这个机会。

于是，苍子A和苍子B商量互换身份一个月，体验彼此的婚姻生活。交换身份不到一个月，她们俩在新的环境里都发生了很多事。河见在一次酒后打了苍子A，而苍子B在东京与苍子A的旧情人也产生了许多纠葛。

苍子A逃回了东京，她仍然不能做出改变，唯一和之前不同的是，她去做了一份兼职，踩缝纫机。工作的时候，大脑一片空白，进入了忘我的状态。对她来说，这也算是一种心理修复。

而苍子B选择与河见诉讼离婚，离开了所有人，一个人生活。她写了一封信给苍子A，就是前面提到的最后的那封信，信里写道："尽管困难地离了婚，可我并不认为今后会遇到好事。"她很清楚，除了自由，她一无所有。既没有情人也没有钱，离了婚，并不会过得更好。

其实选择什么样的伴侣，以至于选择什么样的生活，没有一种选择是完美的，哪一种生活底下都有不堪。

认清生活的真相，不做无谓的期待，同样是一种勇气和能力。虽然看起来一无所获，但遵循了自己的真心，没有欺骗自己，就是最大的收获。

苍子放弃工作选择做了家庭主妇，讲真，做家庭主妇不会比在外工作更轻松。再说了，没有职场的烦恼，并不代表没有人生的烦恼。

也许有人会说"我就不愿意想太多"，那是因为他们只选择了满足最浅层的安全感，或者干脆把自己的人生放在孩子身上，借由养育孩子，转嫁了自己的懦弱以及没有存在感的无聊。

人活在世上，都想拥有幸福，但幸福不仅仅是花好月圆，它同样需要我们去承担生活的痛楚。

如果不敢承担痛楚，选择躲在壳子里，消耗的不仅仅是时间，更是人本身，而没有生机的人离枯萎也不远了。

书中苍子B这种对生命的执着，就是一个人面对生活的勇气来源。

那么，"这种对生命的执着，到底是从哪来的呢？"

我认为，"生长"本身就是对生命的执着。

富有生机的人，是不会让自己的生命陷于委顿的。

电影大师伯格曼写过这样一封情书："勇于接受生命，勇于被生命所伤，勇于感受生命之美。敬勇气，吾爱。"我想，这是苍子，也是我们每个人面对生活时的最好态度。

有如走路的是枝裕和

有些人有一种才能，可以用简单的文字直接表达出内心丰富的情感。是枝裕和的《有如走路的速度》就是这样，内敛却蕴含深意。

他说："这些随笔，如同我当时的生活，以缓慢的步调与我同行。"

"犹如停下脚步，挖掘脚下微不足道却更软的事物。"

"虽然开心，却夹杂着悲伤，虽然悲伤，但牛奶依然美味，体验到这种复杂的情感，不叫成长又该叫什么？"

"我不喜欢主人公克服弱点，守护家人并拯救世界这样的情节，更想描述没有英雄，只有平凡人生活的，有点肮脏的世界忽然变得美好的瞬间。"

文学真正打动人的地方，往往是细腻之处。是枝裕和写了他的工作和工作中认识的人，最重要的是写了童年以及家人。

他是个记忆力惊人的孩子，也许这也是成为导演的先天条件之一吧。

是枝家有个传统，在外面拍照，一定要在别人的汽车前拍，而且拍得像是自家的车一样。

"因为买不起车一直被母亲责备的父亲，是怀着怎样的心情拍下这些照片的，已经无从知晓，不过孩子们总是爽朗地笑着。"

即使到现在为了电影在街上四处奔走的时候，一看到帅气的车，"我"就站到车前，拜托工作人员帮忙拍照。

是枝裕和写自己的父亲。

两岁的时候，坐在父亲的腿上看东京奥运会，留在脑海里的，不仅有百米赛跑的选手，还有父亲没有刮干净的胡楂蹭到正看得出神的"我"的脸时那硬扎扎的触感。在《胡楂》这篇文章里，是枝裕和写他为父亲守夜的晚上，看见父亲在棺木里微微张着嘴，于是，他把毛巾卷起来，垫到他的颚下。那时，"我"的手触到了硬扎扎的胡楂，时隔三十年，幼时的记忆瞬间苏醒，"我"开始哭起来，直到天明。

是枝裕和写母亲的背影。

"临别时分，母亲说着'再见啦'，高兴地挥挥手，向午后的新宿车站走去。我望着她的背影，心头忽然涌起一股莫名的不安：说不定这是最后一次和母亲一起吃饭了。"之后不久，是枝裕和的母亲就去世了。

"没能为母亲做些什么"——电影《步履不停》就是始于这股悔恨。

但是枝裕和说，他并不想拍死亡，而想去撷取生命中的瞬间，就像最后一次目送母亲的背影一样。

"尽量不直接言及悲伤和寂寞,而把那份悲伤和寂寞表现出来。"

"我也希望利用类似文章里的'字里行间',依靠观众的想象力将其补充完整。"

是的,所有看到的东西、听到的东西,就像天上的雨和雪一样,都是自然地就落在我们头上,而是枝裕和就把这些东西原封不动地呈现给你看。

虽然生命中有许多"丧",但他始终在追求着某种和解,他希望人们可以在极度的寒冷中向一点点温暖靠拢。

他的书和他的电影一样,传达了一种表达感情和审视时间的方式。非常喜欢这本书,让人觉得生命尽管无力,却依然柔韧。

这也是为什么是枝裕和在书的第一篇文章里就摘抄了下面这首和歌,他说这首和歌让自己发现了想表达的理想形式——有如走路的速度:

过一日

少一日

与你的时间

夏至将至

在掌心捂热过的声音

日本作家小川洋子的《人质朗读会》写了八个人在面对死亡时发生的故事。这八个日本游客，在异国旅游时突遭游击队绑架，成了人质。绑架超过一百天后，在政府军和游击队的枪战中，人质因绑匪埋设的炸药爆炸而全部死亡。八人死去前将身体紧紧挨在一起，即使被炸飞了，遗体也没有七零八落。

他们在作为人质生活期间，分别写下安放于心中的一段过去，然后朗读给大家听，因为唯有认真写成书面语言才能够准确地传情达意。当时军方为解救人质而窃听到的资料表明："在朗读的间隙，他们时常发笑，偶有落泪，却不是因为绝望，而是因为活着的真实感而流的泪。"

第一夜　拐杖

（室内装潢设计师，五十岁，女性，利用连续工作三十年的长休假参团）

十一岁那年的暑假，"我"横穿公园的时候，发现附近铁工厂的一个工人崴到了左脚。"我"发现他的伤很严重，无法自行去医院，于是两次跑回家找工具，想做根拐杖。"我"找了把锯子，又给师傅带了大麦茶和玉米。师傅拄着"我"锯的树枝，勉强能挪动了。过了十余年，二十三岁大学毕业参加工作的那年，"我"出去洽谈业务，发生车祸，左脚被碾碎，昏迷了八天。昏迷期间，"我"看到十多年前的工人师傅出现了，工作服兜里还装着两根玉米芯子。师傅戴上面罩，用喷灯射出的火花，帮"我"治疗伤脚。"我"苏醒后，发现左脚好端端地连在身上，工人师傅却不见踪影。

第二夜　山谷回声饼干

（厨师学校糕点制作课程教授，六十一岁，女性，因进修旅行中的自由观光行程而参团）

"我"高中毕业后，进入山谷回声饼干公司工作，租了一间非常便宜的公寓。房东是个驼背老奶奶，她的家具物品虽然陈旧寒碜，但都被她高超的"整理整顿"技巧给掩盖住了。有一次，老奶奶摔了一跤，没办法做晚饭吃，"我"拿出公司分的残次品饼干，和她分享。自此，每当"我"分得一些残次品，就和房东一起吃。"我"们经常用字母饼干拼单词，最常拼的单词是"整理整顿"。房东对"我"一如既往地严厉，并没有因为蒙了饼干的恩惠就放松了对租客的要求。"我"却没有介意，还陪老奶奶去动物园看她弟弟生前最喜欢的大象。一天，老奶奶心脏病发意外去世，桌上还摆着字母饼干拼出来的单词"整理整顿"。

"我"把这十一块字母饼干收在袋子里，在作为糕点匠人自立门户以前，一直像护身符一样带在身边。

第三夜　B谈话室

（作家，四十二岁，男性，连载小说的采风旅行途中）

二十八岁时，"我"是一名编辑。一次，偶然去到文化馆，看见一间B谈话室，正在举行"拯救濒危语言之友会"。会员是平常生活中得不到机会使用这些语言的人们，他们偶尔在B谈话室聚会，互相慰藉。濒危的语言有很多种，既有戈兰游牧民族的语言，也有仅在波西米亚炼金士间流传的语言。参加的人用独特的语言朗读婚礼祝词、童谣、鬼故事、寓言等等，尽管听不懂，但大家都在认真倾听。轮到"我"了，"我"杜撰了一个小故事，并把它念成像科幻电影里的外星人对白。为了将B谈话室内发生的事情记录下来，"我"写起了小说，因为对"众多人而言并不那么重要的事情，可以在B谈话室得到片刻无与伦比的珍视"。

第四夜　冬眠中的睡鼠

（医科大学眼部科讲师，三十四岁，男性，出席国际学会的返程途中）

"我"的父亲开了一爿眼镜店，生意并不好，但给顾客验光时一点也不马虎。"我"那时正在读中学，整日琢磨的是如何提高棒球水平。第一次见到那个衣衫褴褛的瘦弱老人，在身为中学生的"我"看来，基本上等于一个已经死去的老人。老人坐在台阶上，摆卖布偶。这些布偶是用旧布手工缝制的，针脚粗陋，不仔细看，会以为是一堆破烂。但布偶的种类不同寻常，都是大食蚁兽、蝙蝠、蛔虫、草履虫之类不可爱的东西。特别的是，所有的布偶都只缝了一只眼睛，后来"我"才发现，老人的一只眼睛是瞎的。老人的生意并不好，有时一天都卖不出去一只布偶。而"我"喜欢的布偶是一只睡鼠，圆溜溜的让人心里踏实。第三次也是最后一次见到老人时，"我"和老人被莫名其妙地拉入跑石阶的比赛。这个比赛是电视台举办的"对祖父母行孝登石阶赛跑"。不容解释，"我"背着老人被推到起跑线上。赛后，老人一直在哭，并把"冬眠中的睡鼠"作为礼物送给了"我"。"冬眠中的睡鼠"一直陪伴着我，后来，我当上了眼科医生。

第五夜　高汤名厨

（精密机械厂经营者，四十九岁，男性，参加完国际样品博览会的返程途中）

当时"我"只有八岁，那天下午一个人在家，妈妈交代无论如何不要开门。突然有人敲玻璃门，一位羸弱的女人恭敬地请求能否借厨房用三小时。她说，她是隔壁家的女儿，燃气灶出了故障，母亲年迈，除了她做的汤什么都不吃。"我"让隔壁家女儿进来了。她搬进了牛肉等食材和铁锅，准备做高汤。在"我"眼里，她的烹饪比常人做菜更切实、更深远、更隆重，又带着几分温和、宽仁，近似于祈祷。"我"被请求帮忙将温度计插入锅里面掌握温度，八岁的"我"以为是为老婆婆做变成木乃伊的饮料，精神头十足。其间，妈妈打过两次电话，"我"都说家里一切正常。晚上7点多，隔壁家女儿收拾好厨房回家了。"我"什么都没有对晚归的父母说，把这件事当成了"我"和她之间的秘密。三天后，老婆婆过世了。

第六夜　掷标枪的青年

（贸易公司办事员，五十九岁，女，出席侄女婚礼的旅行途中）

那年"我"四十六岁了，丈夫去世后，丈夫的双亲、"我"的母亲相继过世。"我"孤单一人，在一家贸易公司工作。一天，在电车上，偶遇一位拿着近三米长筒行李的壮硕青年，"我"很好奇，跟着青年来到一个废弃的体育场。体育场空无一人，青年没有察觉到"我"，开始了一个人的训练，他一遍遍地预备、助跑、投掷，然后低头捡回标枪再重新开始。青年投掷标枪，像是在默默地完成着自己的使命，标枪飞出去的线条，犹如上帝描绘。训练约三小时后，青年对着体育场鞠躬离去。自那以后，"我"再也没有见过这个青年。但见过青年投掷标枪的"我"，已和之前完全不一样了。情绪低落时，"我"会去体育场坐坐，那天投掷出来的标枪依然如灵魂一般地划过天空。"现在'我'完全老了，但掷标枪的他一直是青年的模样。"

第七夜　过世的阿婆

（家庭主妇，四十五岁，女性，从丈夫的赴任地返回途中）

"我"从大约二十岁起,就被人说长得像他家的阿婆。第一次是在击球练习场上,一个英俊直率的青年告诉了"我"许多关于他阿婆的事情,包括他的每场棒球比赛,阿婆都会到场。第二位阿婆登场是在"我"二十七岁的时候。这位长得很像我的阿婆,和第一位完全不同,任性,瞎浪费,喜欢说人坏话。后来陆续又有很多阿婆出现,学校食堂的厨师、牧师的妻子、农妇、保险推销员等。孙子孙女们,"全都在我面前讲述自己的阿婆","既有充满幸福感的记忆,也有只剩悲痛的记忆。既有人口若悬河,也有人吞吞吐吐","讲述完毕,必定最后再一次地注视我,但是他们看的并不是我,而是过世的阿婆"。

第八夜　花束

（旅行团导游,二十八岁,男性,工作中）

　　二十岁左右时,"我"在一间男式西装专卖店工作了一年。有一位顾客由"我"专门负责,他是殡仪馆的营业科长。他为去世的人准备抵达那边之后的西装,每次都要选购近五十套。科长十分了解要穿这套西服的人的经历,对于逝去的人穿上西服会是什么样子,心里非常清楚。"我"帮着科长在仓库里选过时的平价货,比平时在店里做得更加仔细和注意。"啊,原来会有这么多人要死啊"的唏嘘总挥之不去。在离职前的最后一天,科长过来道谢,并送给"我"一束很大的捧花。"我"捧着花走了很久,在快到公寓的路口,把科长送的花放进一个桶内,然后双手合十,开始祈祷,为在这个路口去世的人,与科长挑选西装一道启程的人,以及"我"故意损坏的妹妹的洋娃娃。

一五一十地把八个人质的回忆简述了一遍,我边写边怀疑自己,这样的复述会不会太沉闷了?

相比奇幻穿越、霸道总裁,小川洋子写的都是人群中的普通人:靠房租节俭度日,整理整顿的老奶奶;只余一只眼睛,自制布偶的老人;精心为逝者挑选西装的科长……这些人没有丰功伟绩,有些人甚至只是在挣扎求存,但他们却没有潦草地敷衍生活,仍在默默地坚守着自己。

他们的坚守,不是坚守一种道德一种情操,而是即使世上没有一个人爱我,我依然坚信自己是珍贵的。

据说,释迦牟尼生下来说的第一句话是:"古往今来,上下四维,惟我独尊。"佛说人人都有佛性,那么,"惟我独尊"也是每个人应该有的人性。这份价值生来就有,并不需要依靠他人赋予。

"惟我独尊"并不是狂妄自大,而是每个人来到世上,都有自己独特的价值所在。珍视自己即是坚守这份价值。当然,如果能得到别人的珍视,就更是人生中不可多得的幸运。

被前辈们嫌弃的工人师傅,得到了小女孩的帮助;制作奇怪布偶的老人,被中学生背在背上参加比赛;逝去的人,在离开这个世界时,陌生的科长和青年曾为他们祈祷。

因此,人质们面对死亡时,想到人生中最值得留存的记忆,就是他们曾经珍视过别人,并被别人珍视的过去。

小说除了这八夜的回忆以外，最后还有一节"第九夜"，是营救人质的二十二岁政府军士兵的回忆。

"'我'是特种部队通讯班的一员，负责监听现场。人质朗读会是在事件发生后一个月开始的。他们的朗读让'我'想起七岁时，曾来过家里听收音机的三位日本科学家。那时，三个日本人从事昆虫的田野调查，住在自然保护区内。'我'印象最深刻的是，他们讲起在森林中的切叶蚁。日本专家对切叶蚁的观察和描述，让'我'感觉到，这些专家也如切叶蚁一样，在森林深处悄悄发挥着力量。他们说：

"'几千几万蚂蚁不会迷路，举着一张张叶片，形成不间断的长条，像是绿色小溪，如果有叶片被雨打湿，它们会扔掉叶子，等雨停了，从头再来。

"'各自举着明显大于自己身体的东西一路前行，丝毫不见勉力劳作的样子，相反，倒像在说：'不，没事，请别担心。'

"绿色小溪无声无息、一刻不停歇地流淌着，将自己所应当背负的供品运往特定的地点。"

士兵虽说不在现场，只是全程监听，其实他也是参与到人质朗读会的第九个人。用九段回忆串起这个面对死亡的故事，作者写死是为了写生，死有多可怕，生就有多热烈。而切叶蚁小小身体隐藏的力量就是向死而生的最生动的说明。

生而为人，如切叶蚁一般渺小。既然不知死亡何时会突然抵达，那么像切叶蚁一样，从不迷路，"勇敢、拼命、有耐性"地活着，才没有辜负生命吧。

《人质朗读会》是一本治愈人心的小说，作者为即将死亡的人质们安排了一段专注于书写的时间。他们把心中永不会受损的记忆轻轻取出，"在掌心捂热，放它入语言的扁舟，倾听这一叶扁舟激起的水声"。

"就让我们的声音回荡在这间与熟悉的地方远隔千山万水、冰冷、石砌、只有蜡烛光的废弃屋内，就算是绑匪，也别想妨碍这样的我们。"

他们因为曾经那样真实地活过，而流下了眼泪。

《昨日奇迹》：这一生所为何来

看完电影《昨日奇迹》，第一感觉就是，男主角杰克的饰演者——希米什·帕特尔唱得比披头士乐队的原版好听。尤为难得的是，影片中帕特尔演唱的所有歌曲全部采用现场收音录像。

从 *Yesterday* 到 *Let it be* 再到 *Hey Jude*，很多歌手都翻唱过披头士乐队（The Beatles）的经典歌曲，而帕特尔的演绎不仅打动人心，且和电影情节有极高的契合度，令人想一听再听。

杰克是一个在超市仓库兼职的创作型歌手，只有青梅竹马的好友艾莉（莉莉·詹姆斯饰）无条件地支持他。艾莉在学校教数学，业余时间兼任杰克的经纪人，为他寻找演出机会，然而一直听众寥寥。在一场神秘的全球大停电之际，杰克遭遇了车祸。出院后，掉了两颗门牙的杰克有点沮丧：“我现在就像个安反了的兔子。”

杰克的吉他在车祸中被撞碎了，艾莉买了一把新吉他送给他。杰克接过吉他，为艾莉和朋友们唱了一首 *Yesterday*。

艾莉听得眼湿湿，以为杰克为自己写了新歌。杰克解释

Yesterday是The Beatles的歌，但艾莉和朋友们居然都不知道The Beatles是谁。杰克大惊，在网络上搜索"The Beatles"，他发现The Beatles消失了。

停电之后的世界，没有人记得这支乐队，网上也没有他们的歌，杰克好像成了唯一记得他们的人。人们误以为杰克唱的歌是他自己创作的，刚开始杰克没有及时澄清，到后来他已经不敢说出真相了。

之前无人问津的杰克，因为演唱披头士的歌爆红。他离开艾莉，离开了从小生活的英国小镇，去了美国。就此，杰克的人生进入了快车道。

没看过这部电影的人，只看介绍，可能会以为杰克嫌贫爱富又讲大话。其实不然，杰克是个热爱音乐，心思单纯的青年。除了在超市兼职赚取生活费之外，他的注意力都放在创作和唱歌上。

十四岁那年，杰克就在剧院自弹自唱公开演出了，那时，小少女艾莉站在后台听他唱歌，眼睛冒出了小星星。但艾莉眼睛里的小星星闪了那么多年，杰克却一直把艾莉当兄弟。真把我们这些看电影的人急死了，好想冲进去摇醒他："珍惜你们之间深厚的感情，珍惜艾莉，有些人、有些爱错过了，一辈子都不会再有了。"可是杰克还是走了。

在美国发展的杰克因为心虚，仍然没有说出真相。可是他把披头士的歌唱得那么好听，"所有人"都原谅了他。"所有人"其实也只有两个人，全世界记得披头士的人，除了杰克还有一对中年男女，他们来到杰克的演唱会，感谢杰克让他们再次听到难忘的歌。

杰克对他们说出了内心的愧疚，他们给了杰克一个地址。杰克去到那里找到了隐居的约翰·列侬。当列侬打开门，对着杰克微笑时，全世界歌迷的愿望在电影里实现了，列侬没有死，他七十九岁了，除了多了几条皱纹，和四十岁时差不多。

杰克拥抱了自己的偶像，回去继续录音。他把专辑的首演放到了故乡的码头酒店。这场演出的布局参照了披头士的最后一次公开演出——屋顶演唱会。杰克抱着吉他在屋顶唱得激情四射，每一首歌都仿佛是昨日重现。

在这场音乐会中，杰克将真相公之于众，并在现场把披头士的歌上传到网络，所有人都可以免费获得。而其中最最重要的是，杰克对艾莉说出了"我爱你"。

人生就是一次次的抉择，杰克这一次选择真实地面对他人，做回自己。杰克明白自己才华有限，成不了艺术家，伟大的是披头士乐队，而不是他。但没关系，他仍然热爱音乐，热爱歌唱，就做一个才华有限的歌者，永远地唱下去。

《哈利·波特》中的邓布利多校长说："决定我们成为什么样的人，不是我们的能力，而是我们的选择。"杰克重新掌握了自己的人生，不再被名气绑架，从另一种意义上来说，他获得了自由。

《昨日奇迹》里停电之后的世界，披头士消失了，哈利·波特消失了，可口可乐也消失了，但人类没有消失。而人类与其他生物不同的地方在于，我们总想怒刷存在感。

"做自己"说了很多年了，要真正做到，非常不容易。因为我们想证明自己，我们想让自己存在的印迹再深刻一些，以至于我们常常产生一种错觉，以为扮演角色就会成为角色本身。但只要是扮演，就会被这个角色套牢，从而失去心灵的自由以及行动的自由，怎么会快乐呢？

拥有生命本身的代价，就在于生命有局限。在短短的三万多个日子里，我们也许要常常提醒自己思考一下，什么才是重要的。

好在杰克终于明白了。

这一生所为何来？

自由和爱。

我们总是和当下擦肩而过

"如果能回到那一天,你会想去见谁?"

小说《咖啡未冷前》在正文开始之前,这样写道。

《咖啡未冷前》的作者是川口俊和,他写了四个穿越时空的故事,这四个故事都发生在位于东京某偏僻的小巷子,一个只能坐九个客人的小咖啡馆里。

这个小咖啡馆有一张神奇的椅子,坐在上面的客人,可以用喝一杯咖啡的时间回到过去或去到将来,但一定要在咖啡未冷前喝完咖啡,回到现实中来,否则会变成幽灵。

有一点需要特别说明的是,即使用一杯咖啡的时间去到了想去的那一天,但已经发生的事是改变不了的。

四个故事的主人公还是选择了要去。

第一个故事是"恋人"。二美子的男友要去美国工作,她很想跟他说"别走",但说出口的话却是"你走呗"。二美子无比地懊恼,她喝下咖啡回到了分别的这一天。原来男友在离开前,背对着二美子说:"请等我三年,三年后我一定会回来的。"二美子听清了之前没听到的话,放心地回来了。

第二个故事是"夫妻"。失去记忆的男人房木,在失去记忆前给妻子高竹写了一封信。高竹回到过去读到了这封信,她的脸上露出了像孩子一样纯真的笑容。

第三个故事是"姐妹"。留在故乡帮父母打理家庭旅馆的妹妹久美,多次到东京去见离家出走的姐姐平井。但是,平井并不想回家。最后一次,平井躲在咖啡馆的柜台底下,不肯见妹妹,无奈的久美留下一封信回去了。但在回去的路上,久美遭遇车祸丧生。内疚的平井也坐上了那张椅子,回到了妹妹人生的最后一天,虽然和即将离去的妹妹见了面,却什么都说不出来。

第四个故事是"母女"。在咖啡馆工作的计怀孕了,可是她有严重的心脏病,即使生下孩子,也没有机会看到孩子长大。计的父亲在计九岁的时候死于心脏病。计觉得,父亲的死,就像被关进了一个黑色的箱子。那是一个谁也见不着的、痛苦的、寂寞的地方。"下一个该是我进到那个箱子里去了",此时,计才终于明白了父亲的苦恼。于是,计也坐上那张神奇的椅子,去到女儿十五岁的一天。

《咖啡未冷前》里的主人公们心怀内疚和遗憾,可是在当时却浑然不知,我们自己又何尝不是如此。

对于别人犯下的错,只要去怨恨就可以了,但如果这个错是自己犯下的呢?或者说这个遗憾是永远无法弥补的呢?就像第三个故事里的平井,其实是很难原谅自己的。

都说要"放下",放下他人容易,放下自己难。自己实实在在地每天呼吸着，悔恨总在不经意间惊扰，是一个绕不过去的存在。

可是，我们能接受一朵花开放、枯萎、掉落，我们为什么接受不了那些无法改变的遗憾呢？也许放下自己，是从接受自己并不完美开始。

这个世界本身就是不完美的，要在不完美的世界中寻找完美，几乎不可能。接受了不完美才是常态，我们才能接纳生命中太多的厌恶和悲伤吧。

佛家常说要有慈悲心，慈悲像一面波平如镜的湖水，容纳着我们的情绪，承托着我们。而对自己慈悲，才是最深刻的慈悲。

只有先融化自己，才能融化别人。

多希望也有这样一个咖啡馆、有这样一张神奇的椅子，我们可以回到过去或去到未来，修补自己受伤的内心。

当然这样的椅子是不可能存在的，所以我们读《咖啡未冷前》才会动容，被平凡的人和事深深触动，这就是文学的意义。

"黄鹤楼中吹玉笛，江城五月落梅花。"

千山万水，海角天涯。

愿所有受苦的人，得到平静和安宁。

相爱未必可以沟通

美国作家卡罗琳·帕克斯特笔下的这个故事——《巴别塔之犬》，是从一个人的死亡开始的。

妻子露西从树上坠地死亡时只有家里的狗——罗丽在现场，是自杀还是意外，无人得知。

丈夫保罗是语言学家，他对妻子的思念与不解，令他无法前行，于是他打算教会罗丽说话，从而了解真相。

作者对夫妻俩的职业设置别具匠心：露西是面具制作师，她的内心隐在面具之后；而保罗是语言学家，可他并不理解妻子，而且从未尝试过站在露西的角度去理解问题。

保罗对于露西的突然死亡毫无头绪，他一边寻找线索，一边把教会罗丽说话作为他的研究课题。

古老的神话，给狗做手术、让狗开口说话的神秘人，塔罗牌大师等等，一连串的悬疑，紧密的结构中有着奇特的氛围。当我们随着保罗一步步地走向事情的真相时，内心不由得也会痛楚起来。

书中有两段话令人印象深刻：

"我一想到就觉得难以呼吸——也许她是故意让自己落下的，那一天是她的选择。也许当她爬上树顶，在低头往下看的时候，看见的是院子、世界以及在她面前摊开来的一生，而她也许选择迎头向前冲去。也可能，她看见横亘在面前的是必须走在残破大地上的一生，于是她决定用在空中一时停留加以替代。"

"我们每个人不是都有两颗心脏吗？秘密的那颗心就蜷伏在那颗众所周知、我们日常使用的那颗心脏背后，干瘪而瑟缩地活着……让我们的第二颗心脏变色的并非梦境，而是那些在无法入睡的夜里奔腾过我们脑海里的思绪。这些思绪，我们是绝对不会告诉任何人的。"

保罗在罗丽失而复得以后，终于明白了答案。

答案就在他们家的书架上，露西临死前把书挪动了位置，这些书名，保罗反复研究过，不得要领。现在他知道了，书名组成的是这样一段话：

"要是昨天我早知道今天的事，我绝对会挖出你的两个灰眼睛，放进泥土做的眼睛；要是昨天我早知道你不会属于我，我绝对会无情地挖出你的心脏，放入一个石头制的心。"

这段话出自《坦林》，之前保罗认为这段话充满恶意与怨恨，再次重读时，他觉得是仁慈和保护："这是一种咒语，一个避免造成伤痛的心愿。"

人和人之间裂隙之深，即使是夫妻也不能互相理解。当伤痛产生，如果是一颗泥土做成的心，可能就不会这么难过了吧。

露西的出现，是保罗生命中的一道光。但他并不知道，这道光也有自己的灵魂，当露西因为失望一步一步地退回到自己的城堡当中时，保罗却没有察觉。

人的肚子会饿，其实灵魂也会饿，也许露西就是死于灵魂之饿。

露西虽然富有才华，可是敏感脆弱。尽管保罗也参与制造了巴别塔，但她的自杀更大的原因是陷入了自己制造的巴别塔。

保罗做了很多自以为是的事情，但如果换到保罗的角度看问题，也许露西就不会那么痛苦了。而且，露西没有意识到的最重要的一点是：她阴郁而神经质的一面，其实对保罗并无太大的影响。她没有她自己想象中的那么"坏"，保罗生气了，并不代表保罗要离开她了。

这是一个悲伤的故事，虽然作品中的"我"是以保罗的视角来叙述的，但在保罗的追忆中，已经死去的露西却更令读者疼爱和怜悯。她不仅具有艺术天分，还是一个天真又可爱的女人。

书中记述了这么一段往事。在他们婚后不久，有一天吃早餐的时候，"我"无意间把头从报上抬起时，竟看见面前的墙壁上出现了"我爱你"三个字，这些字几乎是透明的，唯有在早晨阳光斜射时才会浮现。露西去世后，保罗尽量避免上午走进厨房，看见这些字。过了很长一段时间，他才可以直视它们了："我甚至开始喜欢这条文字装饰的存在，因为它能帮助我，给我力量迎向每个崭新的一天。"

是的，记住爱人本来的样子，曾经爱过的人才能继续前行。

以放弃的心态度过一生

"我和华子早已换上睡衣，两人都没有化妆，我们在深夜默默地大口吃着蛋糕，那样子看起来肯定像孩子。"

这是江国香织的《沉落的黄昏》里，令我印象深刻的场景之一。

相信每个人都有这样的时候，想吃就吃，想做什么就做什么，遵从自己内心真实的想法，怎么解气怎么过。而华子就是这样的人，我行我素地生活着。

华子身边的朋友都喜欢她，无论男女。健吾在认识华子的第三天，就和同居八年的女朋友梨果分了手。

华子偶尔会和健吾约会，她没有向梨果隐瞒，甚至搬去梨果家和她住了一段时间。

在梨果家，"华子竟然是个非常好的室友，她不会顾及别人，旁若无人，也不用别人顾及她。她只是在那里待着，似乎一切都那么理所当然"。

"华子不像动物，也不像植物。"

"即使就在你身旁，华子也不会让你感觉到她的存在。她没有生物具有的沉闷感，好像没有生气，但丝毫没有阴森的感觉，反而让人觉得她开朗爽快。"

"她很独立，又很宽容，有时能听到从浴室传出她哼哼歌的声音。"

"还有，华子偶尔铺开报纸"，当然她并不是为了阅读上面的新闻，她只是"躺在上面，说这样感觉自己成了烤红薯"。

"只要华子在，所有的东西都奇妙地被赋予了生机。墙壁、电视、冰箱、盆花，一切的一切都开始释放活力。房间中甚至有种类似原始森林的微热。"

二十七岁的华子就这样突然出现在梨果的生活中。

作者江国香织并没有交代华子以前的生活，她经历过什么，为什么离家出走。书中只提到过一次，华子对梨果说，自己没有任何可以相信的东西，不相信爱情和友情，不相信别人，不相信幸福和不幸。

所以她才能这样心无旁骛地活着吧。

读《沉落的黄昏》的时候，时时会想，为什么所有的人都喜欢华子，而华子却不以为意？

书的封面上，写有作者的一句话："这个故事描绘了擦肩而过的灵魂。"毫无疑问，华子拥有一个自由的灵魂。她以本真的心和大家交往，不矫饰自己，对朋友既没有期待，也不含功利，因此她和朋友们的关系单纯又松弛。

虽然华子深受大家的喜爱，但她并不执着于关系。她住在梨果家时，经常不打招呼就一个人去了外地，可是，也会因为梨果想念她，提前回来。

孤独是人的宿命，而我们执着于关系，无非是拿别人当炮灰。

如果认识到这一点，我们就不会为了抵挡寂寞，参加那么多聚会，在社交活动上花费大量的时间，其实毫无意义。

人的一生，二十岁以前，懵懂求学；三十岁之前，求职求爱，如果顺利的话，进入婚姻，生儿育女，到了四十岁，有老有小，压力倍增；过了五十岁，渐露疲态；而六七十岁的时候，有些人已然离世。

几十年的奔波，好似从来没有为自己生活过。

婚姻、家庭、孩子、工作、房子虽然是我们现世的可以休养的居所，但，从另一个方面来说，未尝不是我们的枷锁。

我们深陷其中，不可能放弃，毕竟还有这么多的责任要承担。

华子是一个提前放弃生活的人，所以她平静又自由。

如果说，华子的存在是个行为艺术的话，那么《沉落的黄昏》是不是想告诉我们，人生既要破除"我执"，更加不必完美。活着本身就已经很好了。

因为，书中的华子，一年多以后自杀了。

带着一颗清醒的心在人世间活过，以放弃的心态度过一生，才不枉此生吧。

真正的深情是绝情。

摘录一些作者的后记作为结尾：

"人的心是多么不可思议。虽然是自己的,却看不清它真实的样子,有时甚至令人害怕。"

"这是一个关于灵魂擦肩而过的故事,灵魂擦肩而过那一瞬间的故事。"

"愿宁静的黄昏,降临在不够洒脱却奋勇向前的心灵上空。"

蝴蝶的翅膀

《罪行》是德国作家费迪南德·冯·席拉赫四十五岁时出版的处女作,第二年就获得了德国文坛重要奖项克莱斯特文学奖。这本书由十一个案件组成,故事的主人公都是罪犯,有砍死妻子的医生,有亲手将弟弟溺死的姐姐,有抢劫银行的男人,"他们各有各的遭遇,他们与我们并没有多大的不同"。

今天说其中一个故事《埃塞俄比亚人》。

米歇尔是一名弃婴,除了擅长手工以外,学习成绩一塌糊涂。服完兵役以后,他只能混迹于底层。由于欠了高利贷,无法容身,米歇尔用塑料手枪抢了12 000马克,跑去了埃塞俄比亚。

在埃塞俄比亚,他先是染上伤寒,后来又染上疟疾,倒在路边。一个叫阿亚娜的女人和她的邻居们救了他。自此,米歇尔的运气终于开始转好了。

米歇尔病好以后,一直住在阿亚娜家里,他利用自己的手工特长,设计了咖啡豆的传送线,又将咖啡豆的制作过程实现了半机械化。三年后这个村庄变得富裕起来。米歇尔还向医生学习了一些简单的医疗常识，照顾村子里的病人。与此同时，米歇尔和阿亚娜相爱了，两人生了一个女儿。

事情发展到这里，这个德国人看来在落后的埃塞俄比亚找到了自己的生活，也找到了幸福。但他也因为名气越来越大，被官方关注了，发现他是一名在逃犯。米歇尔被遣送回德国，判了五年。

米歇尔沉默地在监狱里度过一天又一天，由于得不到使馆的帮助，他无法给阿亚娜写信。终于熬到出狱，他想回埃塞俄比亚，可是没护照也没钱。他想办假证出国，不吃不喝跑了三天无果。万般无助下，米歇尔买了一把劣质的玩具手枪，抢了银行，当他拿着一捆钱走出银行时，身心崩溃。米歇尔知道，自己再一次到了生命的尽头。他颓然地坐在了银行门口的草坪上，静静等待抓捕。

一个找到希望的人，又一次陷入了绝望的境地。

每个人来到世上，都想得到幸福。有些人是幸运的，而米歇尔这样的人想得到幸福却格外难。

老子说，"天地不仁，以万物为刍狗"；英国人休谟说，"对宇宙而言，人的生命并不比一只牡蛎更重要"。

既然天地无所谓仁，也无所谓不仁，那么米歇尔只能自生自灭了吗？可是作为一个生命，想活得更好是人的本能。

米歇尔因无力偿还高利贷出逃时，他以为人生已经没有转机了。但他躺倒在异国，当地人帮助了他，他也尽自己所能去帮助他们时，他的生命反而产生了转机。米歇尔掌握的技能在发达国家可能根本不值得一提，但在落后的非洲国家，却对周围的村民产生了极大的影响。

幸福之门朝外开，当我们努力去帮助别人时，幸福也慢慢地向我们靠拢了。

有人也许生来就是推动历史发展的，但也有人像米歇尔一样，只能活在他自己的牡蛎中。人生来肯定是不平等的，可是在自己的小宇宙里，参与者各有各的意义。

美国气象学家Edward N.Lorenz 1963年在一篇提交纽约科学院的论文中分析过"蝴蝶效应"，南美亚马孙河流域热带雨林中的一只小小的蝴蝶扇动翅膀而扰动了空气，两周以后可能导致遥远的得克萨斯州发生一场龙卷风。蝴蝶效应好比是一滴很小的水滴，在雪坡上向下滚动，慢慢形成雪球，最后雪球会越滚越大。

所以无论何时，不要小看自己。即使你的翅膀小如蝴蝶，只要坚持下去，也能产生飓风。

米歇尔在狱中认识的一位狱友出钱帮他请了律师，好运再一次眷顾了米歇尔。律师知悉了米歇尔的经历后，尽最大努力帮助他，甚至请来了米歇尔在埃塞俄比亚的医生朋友来德国做证。米歇尔最终被判处两年徒刑。服完刑后，米歇尔回到了埃塞俄比亚并加入了那儿的国籍。他时不时地会给律师打个电话，说他很幸福。

侦探女王的日常

有些书看完就扔了，而有些书隔个大半年想起来，会拿起来再读，有时是因为想起书里的一些小句子，有时是想再感受一下生命的光泽。

《说吧，叙利亚》就是这样一本让人想找原著来看的书，它是阿加莎·克里斯蒂唯一的一本游记，记述的是阿加莎随丈夫马克斯前往叙利亚考古的生活。这本书在阿加莎的著作里不那么有名，但它质朴和克制的叙事风格，打动了我。

阿加莎·克里斯蒂自己称此书"是一杯淡淡的啤酒———一本微薄的小书，记录着日常的所见所闻"，是"零散的记述"，但事实上，整本书记叙巧妙，浑然一体。

作家的笔下，不涉及任何考古学领域的问题，多是描写在考古工作中认识的人，而人和人之间的关系，却是最有趣又最生动的。

开篇第一章，阿加莎为前往叙利亚做准备，她先去商店购买衣物，店员向作家推荐深色套装，阿加莎写道："穿加大码够丢人的了！更丢人的是一眼就被人认定要穿加大码。"

而后是整理行李。"早上九点,我被马克斯叫去,他让我这个重量级人物压实他鼓鼓囊囊的行李箱。"

"如果连你也合不上,"马克斯单刀直入,"就没戏了!"

阿加莎没有专门写丈夫马克斯,他们之间的对话所占篇幅也不多,但从中不难发现马克斯凡事力求专业的职业习惯。比如考古勘察阶段,阿加莎告诉马克斯,走路时"总是往左边倒",马克斯说:"可能是非常稀有的热带病,因某人命名而著称。斯蒂芬森症——或哈特利症。"他继续亢奋地说,"到最后你的脚趾可能会一个个脱落。"

"我默想着这番乐观的前景。"阿加莎低头看着鞋子,谜团突然解开了,原来是左脚外侧鞋底和右脚内侧鞋底都磨损了。

马克斯聘请了一位新建筑师麦克。与麦克初识时,阿加莎很想表现出成熟大方的一面,但麦克的沉默高冷,令阿加莎深受打击,觉得自己的话多且蠢,她尝试为自己做精神治疗:

"首先,我对自己说,你都可以做麦克的母亲了。你还是女作家——知名女作家。咳,你笔下的一个角色甚至还出现在《泰晤士报》的字谜游戏中。(名声的高潮标记!)再说,你是考察队领队的妻子!好啦,要说怠慢,得是你怠慢那年轻人,而不是那年轻人怠慢你。"

麦克是一个自律又专业的建筑师,好像没有什么事会难倒他。他的房间干净得不可思议,工作之余,就坐在一块叠起的毯子上写日记。

在阿幕达住帐篷的一个晚上,狂风暴雨使得帐篷摇摇欲坠,马克斯、麦克和阿里斯泰德英勇地和大帐篷做斗争。麦克紧紧抱住柱子。突然间噼啪一声，柱子断了，麦克一头栽进厚厚的黏糊糊的泥浆里。他挣扎着爬起来，完全失去了人样，语调像常人一样自然：

"该——死——的！"

"麦克大吼一声，终于现出他人性的一面。从那晚起麦克真正成了我们的一员！"

阿里斯泰德是马克斯为考古雇佣的当地司机。

"种族间的巨大差异常叫我震惊。拿我们的两位司机来说，他们对金钱的态度真是天差地别。阿卜杜拉几乎天天吵着要预支工钱。要是顺着他，他会把能提前领走的工钱全部领走，而且估计要不了一个礼拜就能花得精光。阿拉伯式的慷慨会让阿卜杜拉的工钱在咖啡店挥霍一空，他要出风头！他要为自己'攒点面子。'"

而阿里斯泰德则请求阿加莎为他保管工资："亚美尼亚人阿里斯泰德接受哪怕一便士工钱都硬着头皮……到目前为止，他只从工资里要过四便士——为了买双袜子！"

"不难预见二十年后，如果我回叙利亚，阿里斯泰德已经变成富翁，拥有一个大车库，住在贝鲁特的一幢大房子里。即便到那时，我敢说他在沙漠里还是不刮胡子，因为能省下剃刀的开销。"

除了司机，还有厨子德米里特："他的长脸有一种母性的温柔……他得意地向我展示一个木盒，里头是四只刚出生的狗仔，他说这些就是我们将来的看门狗。"

厨子有一个小助手费尔希德,他总是忧心忡忡的。

"费尔希德接着被派来叫我们。他表情忧愁,好像要宣布什么大灾难似的。结果他只是来通知可以就餐,真是让人松了一口气。"

他们还有一个一笑就闪着金牙的马夫萨布里:"他聪明、敏捷、适应性强,又永远那么快活。这和他凶猛的外貌,以及枕头下放把锋利大刀的习惯完全不搭调!再者,每次他请假,都是去拜访因为谋杀监禁在大马士革或其他什么地方的亲戚!"

住处除了人以外怎么能没有动物呢?"我们有次买了一只肥鹅,不幸地发现,它太友好了。显然它在原来的村子像家庭成员一样生活着。第一晚它奋力要和马克斯共浴,老是推门,伸进长嘴,表现出一副'我好孤独'的样子。日子久了,我们也就由着它,没有人下得了手把这只鹅杀了。"

当然,阿加莎也写了考古工地上的工人们。

"在布拉克的夜晚,人们聚集在我们的庭院里,跳起了复杂的舞蹈——或者说跳成了某种样式,有时一直跳到深夜。第二天清晨五点他们又出现在土丘上,这真是个谜……同样令人惊奇的是,收工时他们扔掉篮子,笑着,扛着尖镐,兴高采烈地跑——是的,跑十公里回家!"

有一次,哈桑便秘严重,用了半瓶蓖麻油都不管用。马克斯动用了医生给的强劲泻药,他开了一大剂,并告知病人,如果他腹部"日落前有动静",就给他一大笔奖励。

"亲朋好友全都围在他身边。整个下午,他在亲友的陪伴下绕着土丘走了一圈又一圈,他们还叫喊着鼓励他,一边焦虑地盯着下沉的落日。这情形很悬,不过就在收工一刻钟后,传来了喝彩声和叫喊声。消息像野火般传开了!闸门大开!脸色惨白的患者被一群狂热的人簇拥着来到我们的房子,接受许诺给他的奖赏!"

这样令人莞尔的段落在书中还有很多,尽管我与书中的人物种族不同,亦隔着八十多年的时光,但每次读及,这些情景却历历在目。

在西方人眼里,生活在叙利亚的人们是东方人,他们对生死的态度也深深地感染了阿加莎。"我们对生命至上的价值观习以为常,很难接受另一种尺度。可在东方人看来这再简单不过了。死亡是注定的——和出生一样不由掌控;来早来晚完全取决于安拉。这种信念,这种默许消解了现今世界的祸源——焦虑。"

告别叙利亚时,阿加莎靠在轮船的栏杆上,想起木匠、猫、屋顶上的麦克看日落时快乐而孤高的脸庞……恰加尔快活的库尔德女人、酋长染成红色的大胡子……以及在开满金盏菊的小山野餐,迷人的花香和肥沃的草原,她对马克斯说:"这样的生活真好……"全文到这里戛然而止。

这本书的英文名是 *Come, tell me how you live*——《来吧,告诉我你怎样生活》,其实英文书名比中文书名更契合原著,因为作家写的都是一些平常的人间烟火。

阿加莎在书里面没有直接说过自己幸福,但从诸多生活细节的描写中，能感觉到，当时的阿加莎非常幸福，她的幸福就在这人间烟火中，就像是"一杯淡淡的啤酒"。

她说："记叙这一切并非苦差，而是爱的劳作。"

二战后，阿加莎写下了起步于1934年末的发掘之旅。记录下那些难忘的日子，以文字重温旧日，她说，是为"今天的艰难和悲痛注入一些曾经拥有且依然拥有的不朽的东西"。

而这些不朽的东西才是生活的真谛。

Come，tell me how you live，这本书不仅令阅读此书的人了解了他们的生活，同时，也让我这个普通读者，思考自己该如何生活。

阿加莎在书的末尾写了一篇后记，其中的这句话，应该是关于这个问题的最好答案：

"我爱那片平静肥沃的土地和土地上纯朴的人们，他们知道如何大笑和享受生活，他们悠闲快活，他们有尊严、有礼貌、有幽默细胞，且不畏死亡。"

皇后乐队：那一刻我无所畏惧

/1/

《波西米亚狂想曲》，我看了两遍。

因为不想接收关于电影的任何只言片语，第一遍特地一个人去的。就像买到喜欢的糖果，剥开一颗，含在嘴里慢慢品尝，自己知道好吃就行了。

为了在大屏幕上再欣赏一次皇后乐队激情澎湃的演出，我又看了第二遍。

影片最后的十五分钟，几乎完整地重现了皇后乐队在Live Aid演唱会（1985年）上的表演。这段戏，只需要真实地还原现场的每一个细节，就成就了一部艺术片的最高潮，真正伟大的摇滚乐就是这么燃。

主唱Freddie Mercury（弗莱迪·摩克瑞）的演唱有种让头发立起来的魔力，吉他手Brian May（布莱恩·梅）的Solo能把观众的灵魂拎出来摩擦。贝斯手John Deacon（约翰·迪肯）、鼓手Roger Taylor（罗杰·泰勒）在电影里，也终于有了帅气的正面镜头。而真实的演出录像中，Roger Taylor只露了后脑勺。

皇后乐队的歌曲，让我这个中年人渐凉的血在电影院里重新沸腾起来，也许曲终后一切又归于平静，但有那么一刻，想跺脚，想和他们一起放声歌唱，以为自己像年轻时一样，可以追逐一切，面对未来无所畏惧。

而我并不是皇后乐队的粉丝，他们的好，年轻时并不懂得。

初识皇后乐队，在20世纪90年代。

有一年寒假来广州玩，当时有个同学正在中山大学学习人类学，我们跑去中大找他。记得那时坐的是197路公交车，挤了一路才到中大。

那次我在中大校园转了一圈就出来了，在校门外反而流连了很久。当时校门外有很多小地摊，卖书、笔记本、CD等贫穷的女学生喜欢的一切东西。

每个摊贩的货物都那么棒，而一个潦草地写着"5元一张"的纸箱瞬间吸引了我。纸箱里装满了英文歌曲CD，可惜都被打了口，缺口还打在边缘处。感觉像是一柜子好衣服，袖子都被剪了个口子。

我蹲在纸箱前翻来翻去，最后选了一张皇后乐队的专辑。

当时并不知道他们是谁，唱了什么歌，只是被复杂的乐队logo以及Queen这个特别的名字吸引了。

当然，后来知道了乐队的logo是由主唱设计的，而且知道了他们早期的发型酷似牛顿，透着一股古典理工男的迷人气息，闪耀着科学理性的光辉。

那时我并不喜欢摇滚，班上的男同学听Beyond、唐朝、黑豹等乐队的歌，我借来听一次就还给他们了。包括这张从广州带来的打口碟，最后也不知所终。

唯有皇后乐队的 *Love of My Life*（《我生命中的挚爱》）单曲循环了无数次。二十来岁时，怀揣青春这个珍宝并不自知，以为爱情是人生中最重要的事情，总是被情歌打动。

这首歌是由主唱弗莱迪·摩克瑞创作，之后由吉他手布莱恩·梅重新改编在原声十二弦吉他上弹奏的一首情歌，其中的竖琴部分也是由布莱恩·梅演奏的。

布莱恩·梅就是那个头发最卷的成员，而且这个牛顿发型他一直保持到今天都没有变。

/2/

皇后乐队的故事，或许我们可以从布莱恩·梅的吉他Red Special开始说起。

Red Special是一把吉他的名字，直译成中文的意思是"红 独 特"。今年它五十六岁了，依然和布莱恩·梅一起登台演出。

它如此有名，甚至有自己的专有词条：

布莱恩七岁时，有两个爱好，一是弹吉他，二是观察星星，这两个爱好贯穿了他的一生。十六岁那年，迷上音乐的他想要一把音质过人的吉他，但是顶级吉他太贵了。布莱恩的爸爸是英国航空部的一位工程学制图师，他陪布莱恩想办法自己打造了一把独一无二的电吉他。

他们利用壁炉上的一块闲置木材制作了吉他的琴身,而吉他指板上的那些贴花镶嵌圆点,用的则是他们家一些老旧服饰上取下来的珍珠贝母纽扣。电吉他上的摇音棍,来自布莱恩的妈妈做缝纫纺织时用的一根指针。

带着心爱的吉他,布莱恩一路读到伦敦帝国学院的天文学博士。

1968年,还在读博的布莱恩和伊林艺术学院的斯塔费尔想组建一个乐队,贴出告示征鼓手。恰巧被罗杰·泰勒的朋友看到了,罗杰·泰勒联系了布莱恩,他们三个人组了一个叫"微笑"的乐队。

微笑乐队的主唱斯塔费尔和弗莱迪·摩克瑞是同学,弗莱迪·摩克瑞很欣赏微笑乐队。在斯塔费尔离开以后,他加入了该乐队担任主唱,并提议把乐队的名字改成了"Queen"(皇后)。

1971年,在更换了多个贝斯手后,约翰·迪肯作为贝斯手加入了皇后乐队。乐队的阵容就此固定下来。

1975年,皇后乐队的第四张专辑 *A Night at the Opera* 终于奠定了他们在乐坛不可动摇的地位。专辑中的《波西米亚狂想曲》获得第一届全英音乐奖最佳英国单曲,吉尼斯世界纪录认证其为"英国有史以来最伟大的歌曲"。

这首歌曲由风格差异很大的节奏拼织而成,钢琴声中,穿插着歌剧、重金属、清唱等,起初蕴含着悲伤的情绪,但转而又绝境逢生,乐风极致而特别。同时,它也是很难翻唱的一首歌,需要高音和低音的完美转换,更需要有嘶吼爆裂的摇滚嗓音。

从那时起一直到1983年，皇后乐队在发专辑、巡演、巡演、发专辑中循环，终于乐队成员对整天演出产生了厌倦，开始尝试新的音乐，并推出了个人专辑。而电影可能是为了增加戏剧冲突，将这一段改成弗莱迪和其他成员分道扬镳，之后为了参加1985年Live Aid的演唱会，主动找其他三人复合。

其实在1984年8月，皇后乐队就发行了签约Capitol唱片后的首张专辑*The Works*，并在比利时布鲁塞尔开启世界巡演。

1986年，他们推出录音室专辑*A Kind of Magic*，随后展开了欧洲巡演，之后，乐队各成员又开始了对各自音乐的探索。

1987年，弗莱迪知道自己患了艾滋病，他一直对外隐瞒病情，照常工作。

1991年初，弗莱迪的身体越来越虚弱了，有时站都站不起来，他就喝上几杯烈酒拿起麦克风继续录歌。为了拍MV，弗莱迪每天花很多时间收拾自己，想让自己的状态看上去尽量"好一些"。

弗莱迪对其他成员说："请给我写歌吧，尽可能多地写歌，我也会尽可能地多录些。"

弗莱迪非常清楚自己快死了，他对制作人说："我现在就唱，因为我等不到他们完成编曲的那一天了，我可以伴着电子鼓完成，他们会处理好的。"

在弗莱迪生命最后的时间里，布莱恩想推迟个人单曲的发行，弗莱迪却阻止他说："你的个人音乐生涯才刚刚开始……如果发行时我突然就死了，不是正好可以给你制造话题嘛。"

The show must go on（《精彩必将继续》）是皇后乐队最后一

支单曲,弗莱迪的歌声里依旧充满了倔强。这首歌发行40天后,他去世了。

......

Does anybody know what we are living for

(有没有人知道我们到底为什么而生存)

I guess I'm learning

(也许我该学习适应)

I must be warmer now

(一切不至于那么寒冷难耐)

I'll soon be turning round the corner now

(我很快就能迎来转机)

Outside the dawn is breaking

(外面的天空黎明正在破晓)

But inside in the dark I'm aching to be free

(但在黑暗中凤凰终将涅槃)

The show must go on

(精彩必将继续)

......

/3/

电影《波西米亚狂想曲》拍到皇后乐队在Live Aid演出时就戛然而止,影院超宽的屏幕给了我们对这场音乐会想象的空间。摇滚，是一定要去现场听的音乐，它的高亢和嘶吼是青春的热血奔腾，是想拥有自由意志的呐喊。

正如吉他手布莱恩后来所说，摇滚音乐"非常不可思议的一点，就在于它可以以一种其他事物难以复制的方式来激励人们。它可以使人们感受到对自我的完全掌控"。

影片中，印象最深的，是年轻时的弗莱迪说，就是要做一种让所有人都有归属感的音乐，当站在舞台上，把歌声唱到每个人心里的时候，"那一刻我无所畏惧"。

这也是为什么我现在才开始喜欢皇后乐队的原因。

小时候，作为孩子没有资格做决定，我们以为长大了就可以拥有自由意志，但人到中年，我们会发现，即便长大了也没什么用，生活依然充满了无可奈何。

皇后乐队，这支独一无二的艺术金属大师级乐队，始终会在某个时刻武装我们。是的，在这个粗糙的时代，生活确实深陷泥泞、悬而未解，但是不要停，继续往前走，因为拥有前行的力量，比结果重要得多，毕竟走到最后，所有人都将殊途同归。

于佩尔：年过六旬的少女

/1/

我最喜欢的法国女演员是伊莎贝尔·于佩尔（Isabelle Huppert）。

认识于佩尔，始于她主演的电影Elle（中译名《她》，2016年上映），如果用一句话来解释这部电影，就是对于于佩尔饰演的五十岁的游戏公司主管来说，童年阴影也好，被侵犯也好，都不会影响她冷静又决断地处理正面临的复杂问题。

"Elle是对生命存在意义的寻找。我演的所有女人，都是直面命运的。她们必须从现状的泥潭中走出，跨越到彼岸。"于佩尔说。

剧中的女主角是一个充满力量感的女人，果敢，刚烈。她所经历的一些事对人的生活其实有着毁灭性的打击，但她甚至连失态的样子都很少有，包括她用自己的方式查出了强奸犯，并设计除掉了他，都令人印象深刻。

这部电影上映时，伊莎贝尔·于佩尔六十三岁，没有哪个和她年纪相当的女演员，能做到像于佩尔那样直面镜头，而且没有年龄感。

Elle 的导演范霍文说:"我从没见过哪个演员能为影片增添这么多剧本中没有的味道。"

2017年6月12日,在广州大剧院,我们有幸感受到了伊莎贝尔·于佩尔的与众不同。

这天,她在大剧院朗诵杜拉斯的《情人》。

于佩尔身穿一袭白色的无袖裙装,有一股少女的俏皮。她的声音醇厚中有点沙,坚定而清晰。

两个不同时间和空间的法国女人,在舞台上,以朗读的形式相聚了。

印象最深的有两段。

故事刚开始,她读到十五岁的少女初识情人的时候,于佩尔轻轻地摆动了一下手臂,头微微地、不易察觉地仰了一下。这一瞬间,我觉得她就是那个十五岁的少女本人。

还有一段,是少女的母亲急得发疯病了,大声地咒骂自己的女儿。于佩尔的声音粗野,但她的喊并不是泼妇骂街式的喊,仍带有母亲心疼女儿的克制和悲哀。

自然,于佩尔是用法语来朗读《情人》的。舞台两边都有中英文的字幕。

我在字幕和于佩尔之间往返切换,非常忙。而前排的一个法国人显示出了他的优势。他头靠椅背、微闭双眼,专心地听朗诵,真令人羡慕啊。

一个多小时的朗诵结束了,观众们拥到前面,鼓掌拍照。于佩尔谢幕五次，大家还不愿离开。

从她朗诵的片段中，能看到少女简对情欲、金钱和爱的渴望，真实，纯粹。然而，我们并不会觉得"不堪"。简清纯又充满欲望，有力量感也有脆弱感，这些混合在一起，特别有生命力。

回到家，我把梁家辉主演的《情人》找出来，快进看了一遍。不能说梁家辉演得不好，但和我想象中的中国情人还是有点不一样。我想象少女的中国情人身上，应该有一种少年的感觉，但梁家辉太成熟了。

我们这个民族承受的苦难太多，大家都长着一副被生活欺负过的脸，内心千奇百怪，想拥有少年的气质确实很难。

六十四岁的于佩尔身上，却少女感十足。这种感觉，演是演不出来的，只能说是演员个人的魅力使然。

或许内心纯粹的人才会有这样的天真吧。

/2/

自从在广州大剧院近距离地欣赏过于佩尔的朗诵之后，我对她很好奇。但中文网站上关于她的资料很少，据说她很低调，闲暇时更爱读书。

伊莎贝尔·于佩尔1953年3月生于巴黎近郊一个中产阶级家庭，她是五名子女中最小的孩子。

从影四十余年，伊莎贝尔·于佩尔出演超过120部电影，获奖无数。1978年，二十五岁时，就获得了第31届戛纳国际电影节最佳女演员奖。当年，"她穿针织衫和牛仔裤现身戛纳颁奖典礼，保安曾拒绝她靠近红地毯，因为这番打扮，恐怕连做个狂热影迷都不够资格"。

五十岁以后，她依然保持平均一年两部作品的频率，2016年甚至有6部电影上映。

于佩尔很少谈到自己的私生活，"奖项没给我的生活带来什么影响"。但说到电影，她很自信："演员就像面包师傅，我从来没有烤过难吃的面包，没有一部电影让我羞愧。"

这位六十五岁的"面包师傅"，心无旁骛，一直以来，旨在烤出最好吃的面包，这也是时间在她身上走得比别人慢的原因之一吧。

但我以为，还有一个更重要的原因，可以从她接受的一次采访中找到答案。

"我认为最好是消除人物的概念，才能获得更大可能的自由。"于佩尔说，刚开始演电影时她就明白，"做演员最终是学会做个自由的人"。

"人生而自由，却无往不在枷锁之中。"这个枷锁或许是名利，或许是衣物鞋袜。当然，这不是说，就不要去拿奖或购物了，而是可以去追求好的东西，但不能被所追求的东西控制，因为一旦陷入了"我执"，身心就失去了自由。

不被外物所役，找到自己想做的事，这才是真正的自由。

于佩尔的生活和电影紧紧联系在一起，她和它一起往前走。

"谁说我的日常生活平稳了？这是你说的，我可没这么说。

谁都不可能这样每天平平稳稳地过日子，生活绝不是一帆风顺的，只是我的相对稳定些，如此说来，我所演的角色对我的生活确有弥补，能让我表达一些更狂热的感情……电影，与其说是目的本身，不如说是手段。我利用它向前走。我常对自己说，我始终是强有力的，因为，不是电影利用我，相反，是我利用了它。"

而拥有一颗自由的灵魂，内心的少女才能活到脸上来，不管她是十六岁，还是六十五岁。

四　被春天唤醒的人

零 食

我很少和小孩打交道，每当有朋友带着孩子出来一起玩的时候，我就有点茫然失措，因为不知道跟他们说什么好。

现代的育儿观念都说，多夸奖孩子，会让他们健康地成长。我只好努力寻找各种角度夸这些孩子。而妈妈们通常会觉得自己的孩子最可爱，所以每每要夸出新意也是真心不容易。

做一个虚伪的大人是件辛苦的事情，因此，我尽量减少和小孩子的接触。只有一个小孩除外，那就是我姐姐的儿子——牛牛。

从牛牛出生几个月开始，我就没跟他客气过。只要我姐一走开，我就摸他的手，提他的脚，有时提得比床架还高。牛牛用奶瓶喝奶的时候，我还会抠他的脚心。抠脚心这个行为是我姐支持的，她觉得这会督促牛牛尽快把奶喝完。牛牛的内心很愤怒，边喝奶边严厉地瞪着我。但他有什么办法呢？他还不会说话。

牛牛两三岁以后，可以和大人吃一样的食物了。我姐给大家分糖果的时候，我和牛牛都会守住自己的，然后盯住对方的手，谨防对方多拿多占。牛牛为了不输给我，吃得飞快，小嘴塞得满满的。但他哪里拼得过我，他是到时间就要被我姐拖去睡觉的。等他睡个午觉起来，蒙眬着眼睛走到客厅一看，我又吃掉很多东西了。

为了让牛牛知道这个世界并不是都像他妈妈那样对待他，我很少让着他。

有次他借了我十元钱，每次见面，我都问他还钱。在我第三次追债的时候，他从小钱包里不情愿地数出十元钱。我看见瘪瘪的钱包里没有几张纸币，仍然硬起心肠把钱拿走了。

自从牛牛上小学以后，我许久没有和他一起吃零食了，听说一年级时，他过得很艰难。小学老师比幼儿园老师凶，上课的时候不许离开座位，也不许和同学说话。他常常被老师批评，又经常忘记带作业回家，有时晚上8点钟，还要回学校找课本或作业本。听我姐说，有天晚上，牛牛躺在床上无声地流眼泪，哭了。

关于他独自流泪的事我没问他，牛牛是个要强的小孩，问他他也不会认的。记得四岁那一年，他犯了错，我姐要求他承认错误，他一声不吭，站在沙发上就是不说话，小小的身子硬撑着。我正在摘菜，看他撑不下去了，就走过去把他抱住，他靠在我手臂上马上哭了。我想，这样嘴硬心软，长大以后怕是要吃苦了。

流泪过后，牛牛成熟了许多，也许他意识到这个世界不是他想怎样就怎样的。

之后去我姐家，只要单独和牛牛出去，我就给他买零食，买饮料。每次我和牛牛在外面吃完东西，会互相检查一下彼此的嘴巴，没有什么渣渣，才放心地回去。

虽然我姐一直强调不要给牛牛吃零食，但想着他失去了太多自由，而且已经被套在人生这个枷锁上了，我觉得犯点规根本不算啥。况且，已经有太多人在教他如何学习和生活了，作为姨妈，就是让他偶尔透个气的。

后来牛牛有手机了，他亲手制作了一张名片给我，叫我找他的时候打他电话。我有时给他打电话，他不是在做作业没空出来，就是因为犯了错、手机被我姐缴了而联系不上。

现在牛牛读二年级了，他的学习计划安排得井然有序，并不比上班的人轻松。上周日，我带他去看电影，吃了很多他妈妈不准吃的"垃圾"食品。我对他说，被妈妈管得严严的，肯定难受吧。如果想不被妈妈管，一定要努力学习各种本领，长大了自己挣钱自己花，想吃什么买什么。一个人，又想被别人养，又想要别人尊重你，那是妄想。

牛牛的六一

六一前的一个晚上，去姐姐家吃晚饭。

进了门，姐姐在做饭，牛牛低着头在客厅写作业。

牛牛本来有自己的房间，但他总是躲在房间里看漫画、玩手机，做些"与学习无关"的事情。我姐就买了一张书桌放在客厅，要他在自己眼皮底下写作业。

尽管环境如此严苛，牛牛还是能玩上手机。有时借老师在微信上布置作业的机会，有时是用外公的手机。外公，也就是我爸，总是毫无原则地把手机给他玩。有一次，我姐察觉到一些蛛丝马迹，问我爸手机放哪了，我爸面不改色地说，在自己的包里。我姐就去包里找，根本没有。后来在洗手间找到了，牛牛已经躲在里面玩了好久的手机。

我姐很生气，狠狠地说了我爸和牛牛，据说我爸和牛牛没有面露任何愧色。

这件事，我姐跟我说了几次，她说，老爸居然还帮着牛牛说谎，你说他，他还不理你，怎么能这样？

我没有附和我姐，心里有点不以为然，这种事情我也做过。比如，上次去她家，我带了一瓶可乐，喝了两口之后，偷偷地放在牛牛的书桌上，然后用身体挡住我姐的视线。牛牛心领神会，赶紧拿起来猛喝一大口，我俩配合默契地喝完了一瓶可乐。

当然，也不是所有的饮料都不能喝，如果我带的是酸奶，就可以大大方方地给牛牛喝。

那天晚上我放下背包，跟牛牛挤一张椅子坐着，对他说，哎呀，今天没给你带饮料噢。

牛牛还没说话，我姐接了一句，还喝什么饮料，他又说谎了。

怪不得从我进门到跟他挤一张椅子，牛牛一直没说话，原来又挨批了。他放学回来告诉我姐，有一个老师说了，明天5月31日放假，放的是六一的假。

我姐不相信，没有接到任何通知，因为今年的六一儿童节是周六，挪到周五放假。况且都晚上7点了，班主任也没有发微信说放假的事。

周五放不放假这件事，在晚饭前至少说了三遍，结论仍是不确定，肯定是牛牛说谎了。牛牛并不辩驳，他的消息来源不正宗，所以也无话可说。只是吃饭的时候，我姐问他好不好吃，他说一点都不好吃，这是牛牛反抗的方式。

洗碗的时候，班主任的微信到了，通知家长周五5月31日放假。我马上说了我姐一句，"你还说牛牛说谎"。

我姐不服气，那他另外一件什么什么事说谎了。

我心里对我姐很不满意，但也一句话都没说。即便是姐妹，说她处理得不好，她也是不高兴的。

我的隔岸观火和她的日对夜对，两个人的体会肯定不一样，身在其中的人很难每件事都分得清清爽爽。

生活就是黏黏糊糊的，一件事粘着另一件事，有时，自己都搞不明白因为哪件事情在生气。

回家的路上，我打了个电话给牛牛，问他作业做完了没有，约他看电影，牛牛问什么电影，我说到家再查。

回到家都晚上10点了，我查了一下，有一部科幻片《哥斯拉2：怪兽之王》很适合孩子看。我打电话给牛牛，他说还在做作业，不过第二天下午4点以后可以看电影。

我没有约我姐，只约了牛牛，这是我对我姐的反抗方式。她不适合和我们一起过六一，老是要教训人，好烦呀。

牛牛的作业还真多，比我小时候多多了。每次打电话给他，都说在做作业。现在的孩子，从读小学开始，就进入竞争社会了，成了一个作业机器。

要成为社会的一分子，可能这是不得不选择的途径。可是我们又不甘于束手就擒，小小地反抗一下，生活似乎又可以继续了。

夜半钟声到客船

六月的一个晚上,我去姐姐家,正碰上牛牛在背古诗词。我顺口念了句小时候背过的诗:"黄四娘家花满蹊,千朵万朵压枝低。"每次去郊游,这两句诗就会自动从脑子里跳出来。

牛牛秒接后两句,"留连戏蝶时时舞,自在娇莺恰恰啼",他接着说:"这首太简单了。"

我有些意外:"牛牛,你开始背唐诗了吗?"

牛牛说:"我要去参加诗词大会。"

我打开牛牛背诵的诗集,大约一本语文书的厚度,大多数是唐诗,夹带了少许宋词。

我姐很高兴可以脱身了:"你们俩一起背吧。"

我选了一首李白的《梦游天姥吟留别》,给牛牛起了个头:"海客谈瀛洲,烟涛微茫信难求……"

这是一首长诗,小时候我总是从头背起,边背边努力地想后面一句,开头也就是个开头。现在再读,觉得后面的句子都不如这个开头好,一个"谈"字,就道尽了普通人对希望的可望而不可即。梦想就是海上的仙山，谈谈就算了，转过头来仍然是生活的风刀雪剑。

牛牛中间顿了两次，还是全背出来了。

又选了一首《枫桥夜泊》：

月落乌啼霜满天，
江枫渔火对愁眠。
姑苏城外寒山寺，
夜半钟声到客船。

这首诗牛牛背得极快，以他的年纪可能很难理解一个成年人为什么半夜会睡不着觉。而那种"前不见古人，后不见来者"的孤寂对牛牛来说，更加无法想象，因为他无时无刻不处在家人的关注当中。

半个月后，牛牛由我姐陪同，郑重地参加了广州市小学生诗词大会，然而初赛就铩羽而归。

我姐告诉我，本以为背诗就行了，没想到还要记时代背景、诗人生平以及古诗所表达的思想感情。

我说："只要牛牛能把诗词本身背下来就可以了。他现在理解不了，总有一天会理解的。"

"再说了，牛牛的音乐不是考了全校第一嘛，他是个理解力很强的孩子，一点都不用担心。"

牛牛读一年级的时候，刚认得几个字，我就送了一本《小王子》给他，我希望他不要像我，到三十多岁才理解了小王子。但牛牛对小王子一天看了四十三次日落这样的情节没有多大兴趣，这本书就一直在书架上搁着。

现在牛牛读四年级了，上次我去他家，发现书桌上放了三册《福尔摩斯探案全集》。牛牛说就是这个暑假买的，刚刚读完。我有点遇到了知音般的欣喜，三十多年前，我也读了福尔摩斯，当时被沼泽地里恐怖的吼叫吓得不敢睡觉。

我问牛牛："那篇沼泽地里的狗你读了没有？好可怕呀，叫什么名字？"牛牛说："《巴斯克维尔的猎犬》。"然后他就不理我了。我巴结他："牛牛，你现在喜欢推理小说呀，我家有两本，带给你。"牛牛正沉浸在另一本书里面，简单地回了一句"好吧"，又不理我了。

我跟我姐说，再过两年，牛牛读了初中，应该就不会跟我们出去玩了，他已经开始建立自己的世界了。

牛牛参加完诗词大会后，紧接着就是期末考试。放暑假他也只歇了几天，就开始上辅导班。和不放假时一样，牛牛仍然是抓紧空隙，看课外书、玩手机，有时做作业做着做着也依然会发呆。

在我看来，开小差是件小事情，不值得一提。人都需要发呆的时间，即便是成年人，大脑发育已经停止了，也需要一个人发会呆。

我有时和牛牛开玩笑："再过三十年，牛牛就变成一个胡子大叔了，哈哈。"牛牛有点羞涩，摸了摸自己的下巴，呵呵地笑了。

四十岁的牛牛，也许有一天半夜睡不着，独自站在船头，也可能是阳台或者是床头，听着时间嘀嗒流过的声音，也许他会想起三十年前背过的那首唐诗《枫桥夜泊》，也许他会想起妈妈和姨妈。

也许他什么都没想，只是默默地发呆，独自怅然。

我爸爸戒烟了

前段时间,我发现我爸一直在买糖吃。

几次和他一起晚饭,饭后见他拿出椰子糖咯吱咯吱地吃,一连吃两三颗。

我爸最喜欢吃椰子味的糖果,但三四天就吃一包的情况还是少见。我想了想,没问他。以我当女儿多年的经验,要沉住气,不要问,问太多,反而起反作用。

之后,有一次接我爸,他坐在汽车后座上,淡淡地说了一句"我戒烟了"。我从后视镜里看了他一眼,"哦"了一声,还是什么都没有说。

我们家的家学之一,就是处变不惊,只有一条例外,比如小孩的考试成绩没有达到父母要求,父母的情绪通常变化很大。我小时候,已领教多次,不过,其他时间尚可,我们还是一个友爱又平和的家庭。

我爸为了坚持抽烟,几十年来顶着家人的各种冷嘲热讽,算是非常有毅力。我们为了让他戒烟,也是想了各种招。买电子烟,买过滤烟嘴,我姐甚至还买过一瓶戒烟药水,据说抽烟者闻一下,就不想抽烟了。我爸勉为其难地闻了几次,就把药水扔了,他说:"闻这个药水,不光是不想抽烟,连饭都不想吃了。"

有一年,爸妈去台湾旅行。从台湾回来的当天,我爸的脸一直阴着。我随口问了一句,他马上爆发了,把我数落了一顿。我很生气,跟他吵了一架。后来才知道,他心情差的原因是因为从去机场到落地都没办法抽烟。

所以我爸不愿意出门旅行,又要坐飞机,又不能抽烟,两件事都让他很为难。

前年年底,我爸去做每年例牌的健康检查。体检报告出来后,医生建议他住院做切片检查。拿到切片检查结果,医生说,为了降低患癌风险,最好是马上做前列腺手术。

因为之前做了切片检查,还要先休息半个月。这半个月里,我爸就回家待着,等医院通知。他的生活一切如常,还是边抽烟,边在电脑上打游戏。

住院这天,我爸牵着牛牛的手,他们一老一小,把泌尿科先逛了一遍,打水的地方、扔垃圾的地方全摸清楚了。我爸换好病号服,就让我们回去了。

住院前几天也没什么事,我爸就穿着病号服,偷偷溜到楼下抽几口烟。

到了做手术那天,我爸换上手术室的拖鞋,自己走进了手术室。手术室外有一个等候室,护士走来走去的,做着术前准备。透过等候室的玻璃门,我看见我爸一个人孤零零地坐着,脸上有点僵。

做完手术出来，我爸只能在床上躺着。那些天，我晚上都在病房陪床，每次给他倒水、拿药，他脸色就很难看，说我："你手上擦的什么东西，难闻死了。"

住院期间，我爸很讨厌我，讨厌我擦的护手霜太香，讨厌我升降病床太快，甚至讨厌我用电脑在他床头嗒嗒嗒地打字。我一句也没有顶嘴，又不能在病房里给他点根烟，用烟来缓解他术后的难受吧。

出院后我爸的身体恢复得很好，两次复检，体检报告都很理想。警报一解除，我爸又把烟抽上了。

我们也不太敢说他，就叫他少抽点。我爸不理我们，拿着香烟的手指抖抖烟灰，继续在电脑上打牌。有了香烟和电脑，他倒是再也不挑我的毛病了。

去年，我爸在江西的一个老朋友过来广州看病，他得了癌症，在南昌已经治疗了很长一段时间，但效果不好。子女不甘心，又带他来广州。我爸过去看望老朋友，一起吃了个饭。听我姐说，吃饭的时候，大家的情绪很平静。

一个多星期后，老朋友的子女带着爸爸回江西了，过了半年老人就去世了。

我爸收到短信后，淡淡地告诉我，老朋友去世了。

我心里有点害怕，什么细节都没问。我爸也没有再多说什么，隔了一段时间他就开始戒烟了。

春天与糯米粉

院子里的簕杜娟一到春天就开得竭尽全力，粉紫色的花朵直接伸到人跟前来。但是广州的春天太短，稍一用力就进入了初夏。有时我担心春天已经过去了，就站在阳台上，看看院子里簕杜娟的花瓣还在不在。

总是想起江西的春天，有一两个月的时间，持续天阴有雨，记得天天要穿雨鞋上学，而雨鞋里面总是潮乎乎的。每当这样的梅雨季节，我妈隔几天就要检查一下瓶瓶罐罐，翻翻储藏的面粉、糯米粉有没有发霉。

记得读高中的时候，我突发奇想要做米果。米果是我们江西人的叫法，是一种以糯米粉为主要原料做成的点心。我觉得米果不过是一个圆圆的糯米团子，应该很容易做。于是找了一天我妈不在家，准备做出来让她大吃一惊。我先往盆子里倒了一点水，手还是湿的，就直接抓糯米粉，准备像和面粉一样先和一个大粉团子。接着在厨房里试验良久，却始终搓不出软硬合适的糯米小团子。最后只好把失败的产品全扔了，假装这件事从来没发生过。

隔了几天，听见我妈自言自语："看来今年太潮了，连糯米粉都发霉了。"我这才想起来，当时不该把糯米粉沾湿。

后来我到广州工作了，客家人的糍粑和我们的米果差不多，而且在春天的时候，和江西人一样，也会掺上艾叶，做成绿色的糯米团子。第一次吃客家艾糍时，我心里不禁一宽，这才对了嘛，就是甜的才好吃。

我最喜欢吃的广州本地点心是薄餐。第一次在餐厅吃薄餐，服务员问我要甜的还是咸的。广州人对食物和食客的体贴，从来都是郑重其事。但是每次我还是点甜的，自小喜欢甜食，咸的怎么会好吃呢？

一直吃不惯咸的糯米点心。咸薄餐为其一，蛋黄肉粽是其二。试过一次后，至今没有吃过第二个。喜欢甜食的人吃咸点心，像一次失败的相亲，还没坐下来就想拔腿就走。

我们单位的外地人多，最北的有从佳木斯过来的，最南的有海南三亚的。以至于本地同事的普通话越说越好，而我们的白话总也没有进步。我尝试过说白话，同事说江西口音很重。而我们另一个东北同事的白话，居然被认为带有潮汕口音。我们都很诧异，在东北长大的他，为何学起白话来会拐到海边去。

这个说话拐弯的东北同事，一样只喜欢吃甜点心，他说，无法想象黏豆包是咸的。

有一种说法，喜欢吃甜食的人心软，容易掉眼泪。或许换个说法更合适，喜欢吃甜食的人感情细腻，对美景美食没有抵抗力。

同事们因为口味的不同自动分成了两个群。我观察过了，那些喜欢吃咸薄餐的同事确实要理智冷静一些。每次单位集体出游,到了集合时间还流连着不走的,肯定是我们这些甜食群;而咸食群的同事们,早早就回到车上坐定定了。

我的口味遗传于我爸,我爸和普通的抽烟族不同的地方是,他除了给自己买烟抽,还给自己买糖吃,他随身背的背包里常放着几颗糖。常常,我开车的时候,我爸坐在后排,剥开一颗糖,吧嗒吧嗒地吃。有时我会问我爸要一颗:"怎么自己吃,不给我一颗?"我爸马上从包里摸出一颗,递给我。吮着糖开车,我的心情平静了许多,遇到塞车或是有人加塞,也不生气。

所以出去吃粤菜,我都给我爸点甜薄餐。甜薄餐中间有馅,一般是花生碎、白砂糖、白芝麻混合而成,有些店里还会放上椰丝。我爸说,这种甜的比只放了咸肉和葱的好吃多了。

我妈晚上很少吃东西,特别是她刷过牙以后,就什么都不吃了。有时晚上我们吃甜点,劝她一起吃:"刷过牙可以再刷一次的。"我妈总是不为所动。其实刷牙这种小事,急什么,睡觉前再刷呗。一日三餐是规矩,但偶尔也可以吃个甜食放纵一下的。但我妈对甜食的爱好没有我们这么执着,她扫一眼身边这些意志薄弱的亲人们,然后去看电视了。

今年的春天眼看就要过去了,还没怎么潮湿过。内心有些忐忑,就像北方的冬天不下雪,心里总是有点不踏实。

我妈在广州住了十年了,还不能习惯这里春天的潮湿天气。墙壁一开始滴水,她就打开门窗,试图让空气流通带走水汽。我劝过她,越潮越要关紧门窗,保持室内干爽,湿气严重的话还要打开空调抽湿。可是劝说从来无效，我妈总觉得门窗关得太紧，东西会发霉。

经历过波澜起伏的人生，我妈远比我坚强许多。她坚信的事情很难改变，我真想把她的糯米粉用湿手抓个遍，让它们从里到外都发霉。看吧，就是开门开窗让湿气全部进来了，糯米粉才发霉的。

试图说服别人，是非常困难的一件事，即使她是我妈。后来我就放弃了，好在每年广州的春天很短，一会儿就过去了。

陌生的洋葱

我不吃洋葱。

因为在我们家,从来没有出现过洋葱这种食物,因此没有试吃的机会。

我妈虽然经常教育我们不要挑食,但她对于自己不吃的食物,确实做到了像林则徐禁烟一样,严禁进入"国"门,以至于我长大离家之后,也保持着不买、不吃洋葱的习惯。

我对洋葱的认识都是从影视剧中得来的。小时候看电影,经常看到有人边哭边切洋葱的场景,由此得知,有一种蔬菜是和情绪相辅相成的,而且可以作为掩饰真实的道具。还是儿童的我,获得了人生的第一条宝贵经验,如果不想别人看见自己的软弱,可以假装正在切洋葱。

也曾幻想过自己切洋葱的样子,觉得长大真好。长成大人,意味着可以自信地处理各种情绪。成熟的女人,即使哭泣都可以隐忍。但当时的我,太多无能为力的事情了,常常感到沮丧。

其中一件至今不忘。

高二那年，我被选入了校女子篮球队，每周都有训练。几次训练之后，教练给我们发了球衣，说是以后和其他中学比赛的时候穿。我把球衣带回家，认真地洗了，晾在阳台上。我妈看到了，也没说什么。我内心暗喜，看来有希望参加校际比赛了。然而过了一周，有天吃完晚饭，我妈平静地对我说："明天上学把球衣退给老师，主要精力要放在学习上。"

本来我很想坚持一下，但是想到妈妈对洋葱的态度，就默默地把球衣折好收进了书包。

中学时任篮球教练的体育老师，我已记不起他的名字了，但直到现在，我都记得他生气的眼睛，他想说什么可最后什么都没说，收下了球衣。

之后我失落了很久，但不顺心的事情太多了，不能参加校女篮这种事都算不得什么，慢慢也就放下了。

我爸妈来广州定居后，我们家依然不吃洋葱。哪怕是吃个汉堡，我都会揭开面包，把中间夹着的生洋葱挑出来扔掉。而在外就餐，经常会与洋葱不期而遇。有时马虎一点，没有挑洋葱出来，就这么吃了，咀嚼时，新鲜的葱味时隐时现，有点甜有点辣，好像也没有那么难吃。

一次，我随口问我妈为什么不买点洋葱回来炒，外面餐馆里好多菜都有洋葱的。我妈不置可否，她对于自己不喜欢吃的东西，从来都不多做解释。

我妈处理家庭琐事，一贯采取的都是惜字如金的方法。很小的时候我就知道，遇到不想说的话题，什么都不解释绝对比说一堆理由强。

即使如此,我还是从来没有买过一颗洋葱,生的也好,熟的也罢,进不了我的家门。

第一次切洋葱都二十多岁了,是在朋友家。做中饭前,她叫我把洋葱洗一下,顺便切了。我拿起洋葱端详了半天,是像切土豆一样,中间切开,然后切片?有点拿不准。试着切了几刀,发现它的断面是一层层的,如果像切土豆那样切,就会全部碎了。不知道该拿它如何是好,就放下菜刀,徒手剥。把洋葱剥成一片片以后,再切成条。朋友说,不用这么麻烦,大胆地切,断了就断了。

处理第二个洋葱,不追求完美的话,还是很容易切的。只不过,我横切竖切都没有流泪,现实中的洋葱没有影视剧中的洋葱那么厉害,不需要用眼泪来减弱它的刺激性。或许我已经长大了,对于小时候痛哭的事情都已经无感,不需要再哭了。

后来,朋友做了一个洋葱炒鸡蛋。我浅浅地尝了一两口,就放下了筷子。我妈妈的菜单里,从来没有出现过的食物,我吃不出滋味。

洋葱,对于我来说,它就像一个陌生人,或是一个永远不想熟悉的人。我妈不喜欢吃的食材,我怎么都喜欢不起来。

一个孩子,可能终其一生,只能用这种方式表达对妈妈的忠诚。

豆腐的存在价值

读小学的时候,我常看《少年文艺》和《儿童文学》。不记得是其中哪本期刊上,曾登过一篇题为《三个铜板豆腐》的小说,里面的细节到现在还记得。

小说写的是两个小男孩跟着妈妈去外婆家做客的故事。"谁家来了难得的远客,谁家才到山外去买一箸壳摊豆腐请客",外婆尽心尽力地招待外孙,临走前特意做了一碗咸芥菜蒸豆腐,小外孙一番争抢,最后一块掉在凳脚的豆腐,也被弟弟小毛从老母鸡的尖喙边抢下来,塞进了嘴里。

还是小学生的我,无法感同身受旧时代的苦。不过,由此知道了,菜场的豆腐尽管便宜,却是值得珍惜的菜。

那时我家住单位宿舍,从家门口走出单位大门要上两个坡,出了大门去菜市场还要步行十多分钟。有时我妈买菜想带上我,我嫌远不想去,我妈便好言相劝:"我买菜很快,你就站在菜市场门口等我。"

我妈肯让步的时候非常少,大小事情都是她说了算,小孩子不可以讨价还价，尤其是学习方面。小时考得不好，被我妈责骂了以后，一个人在房间里写日记，觉得自己是天底下最孤独的孩子。

而我妈不想一个人去菜市场买菜，可能和我的孤独是一样的吧。这么想着，不情愿就消失了。

不过买豆腐这天，是心甘情愿地跟着去的。我喜欢看没切开的豆腐，厚厚的一整块摊在板子上，热乎乎的，敦实又富足。有时去晚了，豆腐卖得差不多了，切到只余一角，冷冷清清的，就不想多看，催我妈买完快走。自小我就是个喜欢花好月圆的俗人，欣赏不了凋敝的美。

有一种水豆腐，不需要去菜市场买，有人挑着桶，走街串巷地卖。我妈说，做豆腐的人早上3点多起床磨豆子，做好的水豆腐不能放，天没亮就得担出来卖。那时天蒙蒙亮，总能听到远远传来"水豆腐"的吆喝声，我很想跑到街上去，看看水豆腐长什么样，可是转眼又睡着了。还是住在街边的人家方便，端个碗就可以买回家。我要是从家里拿个碗跑到街边，连卖豆腐的背影都看不到了。所以直到现在也不知道，当年的水豆腐是不是长得和豆花一样。

我妈也没买过水豆腐，她早上要做饭招呼我们上学。从菜市场买回来的豆腐是为晚饭准备的。

印象最深的一次，是我因为买豆腐感冒了。有一年过年，在广州工作的姐姐说要带男朋友回来。妈妈一早就在准备菜品，发现漏买了豆腐，吩咐我马上去菜市场。我非常不情愿，江西二月份的天气又冷又湿,何况那天还刮风下雨。但不情愿还是要去的,顶着风走过两道长长的坡,再拎着一小袋豆腐回来,脑袋和豆腐都被吹得冰凉冰凉。

那天我姐准时到家,吃上了我妈计划好的所有菜肴,包括一盘麻婆豆腐。我妈烧豆腐有自己的程序:煮开半锅水,左手抄起一块豆腐,右手持刀,横三刀,竖一刀,手一侧,豆腐滚入了锅中,然后把豆腐在沸水中稍微焯一下,捞出来晾在一边。接着烧热油,将青红椒、蒜头、香葱爆香,再把豆腐放进去。

问过我妈,不怕切到手吗?我妈说,嫩豆腐易碎,在上面浅浅划一刀,它就开了,沾不到手。小时候特别佩服我妈这一招,心想外公会武功应该是真的,手切豆腐的功力一定来自家学渊源。我妈跟我们说过很多次,她的爸爸从小习武,中指和食指的长度都磨到一样长了。

后来来了广州自立门户,自己学着做饭。第一次做豆腐时,也烧了半锅水,然后左手豆腐,右手刀,持刀的手在空中比画了几下,始终不敢下刀,之后就永远放弃了承传家学的念头,我家的绝学传到我这里算是断了。

我妈退休以后,也来了广州定居。来的第二年去医院体检,发现有胆结石,医生说要少吃豆腐。之后,不管是什么豆制品她都不吃了,也就很少买豆腐了。

我也不常买豆腐,因为大多数时间都是吃食堂。食堂的豆腐一煮一大锅,捞在盘子里都碎了,味道也是不咸不淡的,中庸乏味,直接略过。

不过和家人一起吃火锅，还是要切一盘豆腐的。等锅里的水蒸气升起来，湿润了视线的时候，举着筷子，守着一锅咕嘟咕嘟的豆腐，既踏实又心满意足。

十八个秋老虎

小时候住单位宿舍，房间的天花板上都会预留一个铁钩。我读小学三年级那年搬家，我爸把淡蓝色的新吊扇在钩子上挂好，一拉开关，凉风徐徐地就起来了，当时觉得生活简直太好了。

那时都没有空调，最热的时候，即使有了吊扇，过了中午12点，还是要把南边的窗户关上，放下窗帘，挡住下午猛烈的西晒。

我妈属于怕热体质，下班回来经常热得满脸通红。我记得她总说：“等十八个秋老虎过去就好了。”

我妈说过，立秋过后十八天，仍然像夏天一样热，所以叫十八个秋老虎。

我脑海中的秋老虎，埋伏在夏天之后。立秋一过，一天一个，连续十八天，全身冒着火，从云端往下喷热气，想到它们头发根都热起来了。

不过，我妈总是有办法的，我们从来不需要为这样的事情操心。

我妈降暑的办法，一是熬绿豆汤，二是囤西瓜。一般一次买七八个西瓜，放在床底下。晚上冲完凉，我妈会说："杀个瓜吧。"有时是我姐，有时是我爬到床底下，滚一只西瓜出来，抱到水龙头底下冲干净，然后由我爸提刀把它杀了。西瓜确实是献给秋老虎的最佳祭品，吃完以后果然神清气爽许多。

后来来了广州，发现这边的秋老虎比江西的厉害多了，远远不止十八个之多。刚立秋出来的是勤快的老虎，之后跳出来的老虎，可能是睡到中午才起身的老虎，对着羊城继续发威。经常是北方都下雪了，我们这还穿着短袖开着空调。

我妈不喜欢整天开空调，她觉得空气不流通，但在广州不得不开。有时下场雨好像秋凉了，但多数是秋老虎打了个盹，过两天又返工了。

秋老虎只是偶尔打盹，我小时候却是经常性地打盹，特别是早上起不来。明明知道早起时间充裕，不用担心上学迟到，却一点都动不了，好像有胶水把四肢粘住了。

物理学家说，夸克是世界上一切物质最小的单位，它构成了世界万物。这么看来，我的身体如此沉重，就是因为它像西瓜一样，也是物质，所以有惰性。

可从我记事起，我妈从来都没有为起床困扰过。她通常是6点起床做早餐，然后一一把我们叫起来。我那时就觉得，做一个成熟的大人太好了，不会赖床，脑子清醒。

今年春天我制定了跑步计划，初定一周三次。隔了一周，变更为一周两次，再过一个月，成了一周一次。到了七八月份，为了避免中暑，计划暂停，一直到现在都没有恢复。

有时真觉得身体是自己最大的敌人，纵然脑子里谋划了各种美丽的蓝图，俟到落实，却举步维艰。我们一生中大部分时间都是自己与自己做斗争，想摆脱身体的软弱与惰性，仅靠制定计划，真是一点希望都没有。

我妈深谙这一点，为了防止女儿变成西瓜，对我们进行了严格的管理。她常说："女孩子的机会少，一定要比男孩子更努力。"

这些年，没有老妈的耳提面命了，好在仍然挣扎着往前走。也许努力到最后，做与不做只有一厘米的差别，但有了这一厘米，我才真正地成为一个骄傲的大人了。

昨天中午去了一趟邮局，白花花的阳光一如盛夏。现在才九月中，秋老虎正是如日中天的时候，后悔没带把伞遮阳，我的大脸估计被晒黑了几个度。

对付秋老虎，广州有各款特色凉茶。不过，我家很少喝凉茶，还是煲绿豆汤喝。今年我爸升级了我妈的简配版绿豆汤，煲汤时加一个雪梨，谓之雪梨绿豆汤。昨晚回家我喝了一碗，这款缤纷水果豆沙限量特饮确实不一般。

切黄瓜的仪式

上周日,我打开门,惊着了一只蟑螂,它飞了起来。我冲到窗边,打开窗户,希望这只蟑螂明白,从这里飞出去,才是一条生路。但它一点也不领情,在墙壁上一阵乱撞以后,隐入家具和墙之间的缝隙,不见了。

真怀疑蟑螂的视力有问题,窗户这么大个洞,居然看不见。曾经有飞蛾误入客厅,一开窗,它就飞走了。

没来广州之前,不知道还有会飞的小强。以前我家的厨房也有小虫子爬,我妈说它们叫灶鸡。江西的灶鸡都是昼伏夜出,贴地而行,像做贼一样。

之前查过资料,灶鸡属于蟋蟀的一种,出没于灶台附近的杂物堆。是不是因为它在灶边唧唧叫,所以叫灶鸡呢?不得而知。

但可以肯定的是,灶鸡和蟑螂是两种不同的生物。路过我家的蟑螂算是沾了灶鸡的光,归到了灶鸡的名下,怎么说蟋蟀还是有一点可爱的。

每次家里买了黄瓜,我妈在削皮之前,先把细的那头切一小截,放在厨房的角落里,"这个给灶鸡吃",余下圆滚滚的黄瓜身子才是给我们吃的。

这节瓜蒂要在厨房里放几天,估计那几天家里的灶鸡像过年一样。我有蹲在厨房的角落里观察过,黄瓜头确实有被啃过的痕迹。但我只知道灶鸡来过,却从没撞见过。

我家吃黄瓜,都是把黄瓜去皮,然后削成小条撒点白糖,黄瓜汁特别甜,等黄瓜吃完,我连汁都给喝了。

离家之后吃到的拌黄瓜洒的多是酱油,虽然只是佐餐的小食,但吃多了酱油拌的生黄瓜,感觉自己长出了酱油色的胡子,好像大叔。

小时候喜欢跑跑跳跳,胳膊肘和膝盖经常擦破皮,我妈就会提醒我们,伤口没愈合之前,不要吃酱油,要不然新长出来的皮肤颜色会成酱油色。

写这篇小文的时候,我卷起袖子看了看自己的胳膊肘,还好,颜色不是很深。如果肤色变深,唯一的原因应该是年纪渐长,而不是擦伤时误食了酱油。

现在已经习惯吃酱油拌的黄瓜了,唯一不习惯的是,外食的拍黄瓜不削皮。问过北方来的同事,黄瓜不能削了皮再拍吗?同事呆了一秒,说:"我们从小吃的拍黄瓜,都是连皮拍啊,削了皮还能叫拍黄瓜吗?"

据同事说,他们是把洗好的黄瓜直接搁案板上,从头拍到尾,拌上酱油、辣椒、蒜末就可以上桌了。不过,他们没说,拍黄瓜的时候,瓜蒂那头切不切。

我自己在家拌黄瓜，还是喜欢削皮撒点白糖。广州的超市里一年四季都有黄瓜，我还买到过精致的水果黄瓜。水果黄瓜只有传统黄瓜的一半长，但价格却是普通黄瓜的几倍。买了这种黄瓜，就不舍得切一截留给灶鸡吃。可是每次吃完，内心都有点惴惴，仿佛把灶鸡的那份吃掉了。

最近做饭的次数确实有点少，那只误闯卧室的小强，应该是在厨房没有找到吃的，才到处乱跑的。

我打算今天去附近的小超市买两条黄瓜，晚上回家，把瓜蒂切下来给灶鸡吃。有黄瓜头的厨房才是让人安心的厨房呀。

我想说的不是秋葵

我对秋葵的认识是从日剧中得来的。

《孤独的美食家》第一集,松重丰吃到一款用油豆腐做外皮,内馅是帆立贝和秋葵的"信玄袋",据说袋子象征着美好,松重丰吃着吃着忍不住微笑起来。这个"信玄袋"是用豆腐做的,里面装着白色扇贝肉和绿色秋葵丁,薄油煎过,隔着屏幕都好像能闻到香味。

看过这集美食日剧之后,我经常买秋葵来吃。说起来秋葵是这些年才大众化的蔬菜,虽然外形像青椒,却没有青椒的辣味。如果横着切成段,形状像星星,即使是摊开在案板上,都散发着"洋气"。

而我常买秋葵的主要原因还是容易洗,切或不切都可以直接下锅。因为嗜辣,会加点剁碎的红辣椒和蒜头,淋在秋葵上面一起蒸,好吃又快捷。 为了更省事,我还在网上买过秋葵干。缩了水的秋葵干就像是风干了的树枝,尝了尝,味道也和树枝一样没滋没味。一大罐不舍得扔,就把秋葵干撕成小段,泡在煮好的方便面里,想让方便面显得健康一点。可是受了潮的"干树枝",愈加不好吃了。 不想做饭,连面都不想煮的时候,就去我妈那里蹭饭吃。我妈住的小区有送菜服务,每当我妈拿着铅笔对着送菜单斟酌的时候,我在旁边就像推销员一样,力劝她买秋葵回来试一下。我妈沉吟片刻,铅笔越过秋葵,还是勾选了上海青。

我妈退休以后,在广州定居,但仍然习惯于只买自己熟悉的蔬菜。秋葵我提过好几次,我妈就是不为所动。听我爸说,我妈当年在学校里,学习好又会拉二胡,也是一个拥抱新时代的年轻人,怎么现在就接受不了这种外来蔬菜呢?想来只有一种可能,就是日剧看得太少了。当然,并不是我妈不想看日剧,确实因为近年电视台播得少。我看日剧,也都是在网上看。有时,为了挖掘一个好剧资源,那也要动用人脉,在网上上下求索。

说起电视剧,记得当年有一部琼瑶剧《几度夕阳红》,在我们地方台连播。地方台播起当红连续剧来,最喜欢随意加广告。有天晚上,也是到了《几度夕阳红》开播的时间了,我妈和我等了又等,都晚上10点了,还在播广告,就是不开始。当时已经放寒假了,正是深冬时节,客厅里放了一盆木炭火,给家里增添暖气。我妈把手肘撑在膝盖上,在火盆边给我们烤袜子。烤着烤着,我妈的头一点一点地,打起了瞌睡。但她仍努力地撑着,隔一会瞄一眼电视,看看开演了没有。

我记得很清楚,一直到晚上11点多了,《几度夕阳红》还是没有播,最后我妈失望地去睡觉了。平常我妈不让我们看电视,好不容易放假了,可以和妈妈一起看琼瑶剧,它居然一个解释都没有，就停了一期。直到今天，电视台一播琼瑶剧，我就会想起《几度夕阳红》，依然会气愤不已。自然，这个不专业的电视台早就消失无踪了。

我来广州工作以后，很少和我妈一起看电视。我对于我妈选的那些家长里短的电视剧，没有一点兴趣。即便是春晚，我都没有耐心和她一起看完。偶尔，我妈看了一些家庭剧，想和我讨论一下剧情，我哼哼哈哈地应付着，我妈说过两次，就不再说了。

有时候，我过去吃饭，也和我妈一起散散步。但多数时候，我俩都说不到一起去。这么看来，我离妈妈越来越远，不是从吃秋葵开始的，而是从我们不在一起看电视剧开始的。

所以我想说的，其实不是秋葵。

剥毛豆

在我家，夏天最常吃的菜是毛豆。

小时候的暑假作业，其中一项就是我和妹妹一人一个板凳，垫一张报纸在地板上，剥毛豆。现在想起来，还能感觉到吊扇底下的空气，缓慢旋转着。自己动手剥的豆子，特别鲜甜。我妈说，菜场剥好的豆子，沤了一天，上面盖一块来历不明的湿毛巾，有股馊味。

我妈买毛豆常常是一捆连枝提回来，上班之前交代一声，做完作业记得要剥毛豆噢。妹妹和我连声答应，等我妈一出门，我们侧耳听见自行车推出了楼道，马上开始看电视。

那时电视频道不多，记得有一档瑜伽节目，每天都有。一个皮肤略黑的女子，头戴花环，站在海边，动作缓慢。其实我们看电视的时间很有限，我妈下班回来前就要关掉电视机，但电视里的人一点都不急，说着不标准的普通话："慢慢地呼吸……"缓慢地呼吸过后，有时会播电视剧，但更多的是科学养猪之类的农业节目，我们没有选择，只能边看猪们哼哧哼哧地吃食，边写作业。

估摸着我妈快下班了,我们才开始剥毛豆。毛豆豆荚表面上有细毛,非常短,初初摸没什么感觉,但连续剥上几十分钟,还是会有点扎手,而且指甲缝里会嵌进绿泥,不容易洗干净。这样现剥的豆子,粘有白色的茎,洗的时候要用手搓一搓。

比起毛豆炒肉,我更喜欢只用青椒炒,不另加作料。青椒炒毛豆,两种蔬菜互相借力,互相成就,吃起来格外清新爽口。

我妈妈很喜欢吃毛豆,有一段往事她讲过很多遍。还是十几岁读书的时候,有次老师请她和另一个同学到家里吃饭,其中有个菜是毛豆炒肉。我妈说,十多岁正是长身体的年纪,总是觉得饿。那次在老师家里吃饭,吃了一大盘毛豆炒肉,饭后又吃了水煮的新花生,后来,她和同学为了消食,散了很久的步才回宿舍。

我妈来广州生活之后,也买过几次毛豆,但超市里的毛豆都是剥好很久的,不新鲜,也很硬,她后来就不买了。

在广州生活了这么久,粤菜里没有青椒炒毛豆这个菜。有一次在外吃饭,我怀着侥幸心理问了一句,有毛豆吗?餐厅部长想了一下说,毛豆没有,有荷兰豆,要不来个荷兰豆炒腊味?

荷兰豆跟毛豆根本不是一回事。荷兰豆的豆子只是若有若无地存在着,重点是吃外面的豆荚。

日本餐厅反而有毛豆吃,而且是连壳上的,他们叫枝豆。日本人把毛豆当成主餐之外的一种零食,边剥边吃。这样的吃法,类似中餐馆上菜之前,给大家端一碟盐水煮连壳花生。不过,日本菜的容器太小，装不了多少毛豆，一小碟毛豆即使全被我一个人吃光光，好像也只是跑步前原地活动了一下，还没有开始跑就已经到终点了。

今年夏天，我回了一趟江西。每到吃饭，都点青椒炒毛豆，却吃不出青椒和毛豆双剑合璧的味道，也许真是要自己去菜场采买，亲手剥出来的豆子才好吃吧。

我妈常说："有些事可以偷懒，有些事不能偷懒。"剥毛豆肯定是位列不能偷懒的事情之一。不能偷懒的事情还有很多，有些事我之前就悟到了，有些是吃了苦头以后才悟到的。看来，把每件事处理得恰如其分，还真是不容小觑的本领呢。

和舅舅告别

去年大年初三那天,接到表弟电话,说舅舅刚刚去世了。表弟说他爸爸临终前有交代,亲戚们要一个一个通知到。

接到电话,虽感突然,可是并不震惊,因为半年前,已得知舅舅在医院检查出了晚期癌症。当时医生的意见是没有必要手术。舅舅放弃了住院,选择了回家。回家后,除了定期去医院吊瓶以外,只在家服用汤药。据说他的状态还不错,依旧打麻将打得飞起。

江西老家有句俗语,天上的雷公,地上的舅公。把所有的亲戚按亲疏来排序的话,舅舅是要排第一的。去年元旦前,我姐代表我们全家去看望了舅舅,那时舅舅除了消瘦了许多之外,精神尚好,但最后也只是坚持到农历春节。

表弟说定在年初八举行告别仪式,我和姐姐初七一早从广州出发,下午5点多赶回了老家。

我妈妈自从十多岁求学离开老家后,几十年间回去得不多,而我回去的次数更是屈指可数。印象最深的一次是七八岁时,有次回老家过年,舅舅带我们去看大戏。那时舅舅还很年轻,站在人群中比别人高一个头。当年的大戏演了些什么,一点记忆都没有,反而是舅舅东张西望地给我们找位置的样子,一直都记得。

自上一次见过舅舅又好几年过去了,这次回去,见不到人,直接就看遗容,一路上,内心还是有点忐忑。

下车后稍事休息,姨妈家的表哥带我们去祠堂。

祠堂在村子的中部,正面的门楼有两层半楼高。祠堂前面有一个小广场,左右各有一匹前蹄悬空的石头白马。广场的一角有亭子和健身器材,我们过去的时候,还有孩子在器材上爬高爬低。这里的祠堂比我想象中的要现代许多,更像是一个文化活动中心。

进到大堂,里面空空的,只放了一具冰棺,一眼就看到扎着白头巾的表弟站在一旁。

我们平静地互相打了招呼,表弟打开冰棺,揭开盖在他爸爸脸上的布,就像平常说话一样,对他说,广州的两个姐姐来了。

只一眼,就看到舅舅的脸瘦得脱了相。那一刻,我才知道,一个人从平静到眼泪夺眶而出只需要半秒。

回老家之前,我跟一个朋友说:"我舅舅虽然是一个农民,但面对死亡时,还是很从容的。去世之前,把自己的后事都安排好了,连通知名单都有。"朋友说:"不仅从容,还有条有理,注意细节,不偏不漏。"

看到这么讲究礼性的舅舅毫无生气地、憋屈地躺在那里,我心里有点生表弟的气了:治丧日程到底是谁定的,怎么要拖这么长的时间，让自己的爸爸如此委屈地躺在冰冷里？

那天晚上我们住在姨妈家，表哥生着炭火盆，埋了几个红薯进去。等嗑过一轮瓜子，红薯差不多就烤熟了。表哥把红薯扒出来，我掰开一个咬了一口，又烫又香。正要吃第二个红薯时，表哥说他要去祠堂守夜了。从舅舅去世起，都是他的儿子和几个外甥轮流过去守夜。我问表哥晚上冷不冷，表哥说，祠堂有房间休息，他们带床厚被子过去睡觉就行，不冷。

大表哥过去祠堂了，二表哥过来陪我们说话。他说祠堂有活动室，可以看电视、打牌，白天还有小孩子跑来跑去，舅舅躺在那里应该不会寂寞的。我问表哥，小孩子不害怕吗？表哥说，有什么好怕的？谁家的老人不在了，需要用祠堂，大人小孩都很清楚。再说了，舅舅去世之前，还不是和那些人老在一起打麻将。

表哥又说，上次我姐姐从广州过来探望时，把我们的慰问金送到病人手里，舅舅可是得意了好一阵子，打麻将时和别人吹嘘了好多次，广州的外甥女给了钱，让他养身体。我听了有点后悔，应该再多给一点，这样舅舅可以炫耀得更有底气。

说起打麻将，二表哥还透露了一件事：舅舅去世前，特别交代儿子，还欠着某某的麻将款没给，要记得把钱还给人家。

舅舅即使得了重病，脑子仍然很清醒，而且保持了一贯的气节，决不赖账。

回到老家的第二天上午，吃过早饭，表哥陪我们爬山。天气很好，登山的路上，偶尔会遇到正在散步的家禽。表哥说，山坡上的鸡不多，有放养的，也有野生的。有空时，他就上山找野鸡蛋，每次都有收获。表哥随手一指："你看，那种样子的草丛，是母鸡喜欢下蛋的地方。"我仔细端详，也看不出这丛草和那丛草有什么区别。

一边走一边找鸡蛋，有那么一瞬，我忘记了这次所为何来，以为自己在旅游。

外公外婆的坟也在山上，表哥对着墓碑作揖，在老家，给先人行礼还保持着古风。我这个城里来的只会鞠躬，就低着头在坟前静默了一会。表哥又找来了一把铁锹，象征性地挖了几锹土，修整了一下坟。这些事，就像刚才在草丛里找鸡蛋一样，我都不知道该怎么入手。在不需要开车也不需要用电脑的山上，我毫无用处。

下了山，我们去看望舅妈。舅舅家的两层小楼没有完全装修完，有一面外墙还裸露着红砖。舅舅生病以后，他的床移到了楼下，现在只余床架和床板，这里的人去世以后，生前用过的铺盖都要带走，舅妈就坐在光光的床板上和我们说话，我们稍坐一会，就告辞了。舅妈仍然坐在床板上，又有人进来和她说话。

那天下午直到3点多钟，舅舅的告别式才正式开始。祠堂大厅布置成了灵堂，白布在四周悬垂，气氛显得非常肃穆，连小孩子进来都正色敛容。

祭拜先从直系亲属开始，然后才是近亲属。当主持人宣布轮到外甥时，我们这些外地的本地的外甥站了一长排，主持人忍不住赞叹了一句，这家外甥真多啊。舅舅的灵魂若未走远的话，他该为自己的来宾名单没有白拟而高兴吧。

除了主持人,还请了一个小乐队,乐队只有三个人,最年轻的看起来也有六十多岁了。舅舅曾经也是这个民乐队的一员,他是唢呐手。我注意观察了一下两个二胡队员,想看看他们送自己的老朋友走,会有什么样的情绪反应。但从头到尾他们的脸上都是一副放空的表情,只是一心拉二胡,并不多看旁边的人一眼。

他们应该是做过很多场红白喜事,把悲欢都看淡了。想来舅舅以前去别人家吹唢呐,也是一样的。他去世前一年,还在到处吹唢呐,有几次打电话回去,他都不在家,说是去哪里吹唢呐去了。

听我妈妈说,舅舅吹唢呐,是自学的。他有一种天生的乐感,一般的乐器摸索着就能上手。当年他初中还没毕业,学校就停课了。外公担心他跟着大孩子到处乱跑,把他叫回了家。虽然学业是彻底放弃了,但舅舅对音乐的喜爱却坚持了一辈子。

他的天赋在农村却没有多大用处,日子也一直过得紧紧巴巴的。

主持人总结舅舅人生最大的成就是养大了四个子女,居然一句都没提到他喜欢吹唢呐。或许以传统的价值观来看,爱好这种不能产生经济和社会效益的事情根本不值得一提。

可是一个人区别于他人之处,难道不应该是他喜欢的人、他喜欢的事,以及一生中的快乐和遗憾吗?

假如我来筹划后事,既然各种细节都想到了,何不连主持人的致辞一并写了,还有谁比自己更了解自己呢?

举行完告别仪式的第二天凌晨，舅舅才出殡，老家称之为上山。在我们前一天去过的那座山上，舅舅的坟和外公外婆的坟离得很近。舅舅一定知道自己死后会和父母挨在一起，难怪他一点都不害怕。

我在埃及买口罩

/1/

1月22日在白云机场搭机时，戴口罩的旅客已经很多了。我们这架飞机是埃及航空的大客机，只有少部分外国人，大部分是去埃及旅行的中国人。超过一半的中国人戴了口罩，外国人，就我看到的，都没戴。坐我旁边的一个白人、一个黑人也没戴，他们俩一路静静地看电影、睡觉，十一个小时没起过身，也没上过洗手间，身体真好。

在飞机上我没敢摘口罩，一直戴到开罗机场。刚开始觉得有点闷，戴久了就习惯了。机上有点冷，戴着口罩还挺暖和的。落地后和我姐视频，才知道口罩戴反了，应该是白底朝内蓝底朝外。而手机屏幕上的我，发如飞蓬，脸上的口罩白底朝外，上面还留有可乐的痕迹。

到达开罗当地时间是早上5点多钟（北京时间11点多），一落地就得知武汉封城的消息。开罗机场的工作人员基本上都没戴口罩，让人有点担心。好在我们都戴了口罩，对他们也是一种保护吧。

埃及游的第一站是地中海边的城市亚历山大。上车前，我避开人小声问广州过来的导游阿文，团友中有没有从武汉飞过来的。阿文用粤语告诉我，她看过大家的护照，以广州、深圳签发的为主，没有湖北的。阿文应该和我一样，内心有些惭愧，所以她特地讲的广州话，怕说普通话让人听去了不好。在车上，阿文交代大家，有感冒发烧不舒服的，随时告诉她，不管几点都可以。

其实从第三天开始，我们就很少戴口罩了，阿文却每天都戴，去开罗博物馆时，她甚至把两个口罩叠起来戴。

在开罗博物馆参观的时候，正是国内的大年三十。我现场连线牛牛，带他看古埃及的法老。这个博物馆建于1881年，是我看过的博物馆里最开放的，巨大的石头神像就直接裸露着，用手摸也没人管。我没敢摸，一则害怕法老的咒语，二则手上有油有汗会损伤石像。

博物馆里的中外游客很多，工作人员中也只有安检口的一个女性职员戴了口罩。

从广州出来时，我带了六七个口罩，一路上够用了。有团友在开罗找药店，我也没当回事，想着到红海再说吧。

/2/

像这样的跟团游，一般都是上车睡觉，下车拍照。但这些天我们都是下车看景点，上车刷疫情，随着越来越多的细节被披露，越看心里越沉重。同车的一个女孩，把微信步数删除了，她说自己天天是微信运动第一名，其他朋友只有几十、几百步，心里觉得很不好意思。我也一样，尽管拍了很多照片，却一张没发。看到染病的人数每天都在增加，哪还有心思编九宫格呢？

那天参观金字塔，我仍在担心我爸外出没有戴口罩。打视频电话，我爸可能正在电脑上打扑克，不理我。反复打了五六次之后，他才接。我叫他不要外出了，也不要坐公交车。我爸不耐烦："这几天公交车上都没什么人，怎么不能坐？"我又叮嘱他出去记得把口罩戴上，我爸更不耐烦了："好烦，我天天戴。"手机屏幕上，我爸一脸嫌弃我的表情，估计我姐已经反复提醒过他多次。

红海离开罗有六个多小时的车程，我们一早出发，到达红海已经是下午2点30分，吃完饭有人又马上去找药店。据买到口罩的人说，红海度假村的药店也不是每家都有，走了几家才买到两盒普通的医用口罩，十美元一盒，一盒五十只，只能到下一站卢克索再买了。

在红海边住了两天，都是当地的导游伊玛陪我们出去玩。不管是坐船出海看珊瑚礁，还是在沙漠里骑摩托车，玩的时候很嗨，一静下来，就开始刷手机看疫情。特别是在撒哈拉沙漠的那天晚上看演出，我归心似箭，盼着节目快点结束。而最后一个跳舞的男演员，总是转圈转个没完。一度以为接近尾声了，没想到，他裙子上的灯亮了，然后进入下一环节，又开始转啊转。我心里好着急，沙漠里信号很差，手机页面根本打不开。

撒哈拉沙漠的夜空，蓝得发黑，星星像是镶在黑缎子上的钻石，闪闪发亮，我也只瞄了它们一眼。

阿文没有外出，一直待在酒店里。有次吃饭碰到阿文，她看起来有点紧张。我问她怎么了，她解释正在为广州一家医院联系口罩，到处找人。

阿文说，有个认识的广州医生知道她正在埃及带团，找她帮忙。她去问过了，药店只能买到普通的医用口罩，N95和防护服要联系医院和专门的机构才行。她只好找埃及当地的华人，请他们联系。这几年她跑的是中东线，所以埃及、迪拜和伊朗她都去问过。据反馈过来的消息，埃及的口罩不及迪拜，迪拜的N95最多。

/3/

我们行程的最后一个城市是卢克索，位于古埃及王国都城底比斯的遗址上，据说每年都有几十万游客从世界各地慕名而来。光着两条腿在太阳下走来走去的，多数是西方游客。打伞的或是戴口罩的，不用问了，一定是我们自己人。

在卢克索我们先去看卡尔纳克神庙，它是世界上残存的古代最伟大的神庙群，有四千多年历史，仅保存完好的部分占地就达三十多公顷。其中六千平方米的石柱大厅，排列着134根巨大的石柱，中间两排最大的12根高23米、周长15米，至今犹在。电影《尼罗河上的惨案》就在里面取过景。

看完神庙又去了帝王谷，这两个景点是我们加的自费项目，吃完晚饭已经快9点了，来不及找药店，只能先回酒店。回去的路上，伊玛告诉我们，刚接到公司最新通知，所有27日以后出发的中国团都取消了。我们忧心忡忡，防护措施从国内延伸到国外了，说明这次疫情严重。怪不得吃晚餐时，店小二都戴上了口罩。中午饭也是在他们家吃的，他们家专做中餐，叫上海餐馆，大都是中国游客用餐。中午那会都没戴口罩，晚上全戴上了，看来中国出现肺炎疫情的消息已经传至餐馆最前沿的员工。

而我们忧心的是能否顺利到家，也许一下飞机就被隔离也说不定。但是担心也没有用，这些事不是我们能决定的，大家只能又低头刷手机查看最新情况。

在卢克索的第二天，是我们在埃及的最后一天，上午还要去看另一个神庙。一早下楼吃早餐时，已经有中国旅行团离开了。有个背着双肩包的北方女孩，推着旅行箱，上面还放了一个大纸箱，箱子太大，把电梯门堵住了。她横推竖推，好不容易把所有行李挤进了电梯，大纸箱上印着戴口罩的美女，里面装的应该全是口罩。

看见同胞都是成箱地买口罩，我不由得为自己之前的随缘后悔起来。刚好阿文在微信上通知集合时间，我告诉她，不用等我了，我要去找药店。

阿文紧接着连发几条信息给我，叫我别去买了，酒店旁边的药店已经买不到了。她让我上楼找她，匀几盒给我。

我敲开阿文的房门，看见阿文又有点慌张。问她出什么事了，她说没事，只是身上带的美金全部花光了，广州的同事和朋友都在找她代买口罩。她说昨天有同事在埃及买普通的医用口罩，药店老板已加价到了三十三美元一盒，也是一盒五十只。她亲自出马去讲价，买了两大箱，在卢克索的药店讲到十六美元一盒。虽然比红海的贵，但质量比那边的好一点。

我不好意思多要，心里默默掰了一下手指头，要了八盒。顺便问了问，医院要的医疗用品联系得怎么样了？阿文说，住在埃及的一个华人首批订了七万个口罩，准备往广州那家医院发货了。我又问迪拜那边怎么样，她告诉我，现在具体情况不清楚。她联系的是正在迪拜带团的同事，她同事发烧了，本人觉得只是普通感冒，吃了药已经退了烧，但在大家的劝说下，还是去了医院检查，结果一进医院就被隔离了。

我只带了一个登机箱，箱子太小装不下口罩，找了酒店一个装衣服的洗衣袋，一路把口罩从卢克索拎到开罗，又从开罗拎回广州。很幸运，这班机没有人发烧，我们都顺利地回到了家。

在机场告别时，提及那个在迪拜被隔离的可怜人，阿文转述了她们同事群里的消息，在迪拜生病的同事感冒已经好了，但医院不让出院，还要观察几天。阿文说，其他人都启程回国了，只有她的同事留在了迪拜住院。不过，那位同事一点都不可怜，现在过得可好了，享受超VIP待遇，有私人管家、私人护士，24小时专人伺候着。

即使如此，还是觉得自己家好，尽管疫情还没有解除，但从飞机降落到广州那一刻起，心里就踏实了。

和小学生一起宅在家

从埃及回来后,在家隔离了一天半,过来我姐家送口罩,就住下了。这些天各种消息纷至沓来,刷手机刷得头晕眼花,心情也是跌宕起伏。坐久了,浑身酸痛,跟着牛牛做了两遍第三套全国小学生广播体操,胳膊腿才活泛了。

据说有人在家带领全家跳广场舞,我搜了两个广场舞视频,乐曲欢快得令人不忍卒听。非常时期,尽管除了刷手机,什么都做不了,但刚看完疫区传出的消息,紧接着就在客厅扭秧歌,无论如何还是做不到的。

说到做操,儿童的反应灵敏度是成人的两倍。跟着常规的广播体操视频做操时,我是没有问题的;可是用1.5倍速播放视频时,我就跟得吃力了;当用两倍速播放视频时,我只能省略中间动作才跟得上。而牛牛却像按了快进键的机器人,胳膊抡得呼呼带风,一点都不含糊。

过来小住时,我把手提电脑、电子书都带上了,计划饱食终日睡到自然醒。没想到隔天早上,我姐刚把牛牛叫起床,牛牛就过来叫我起床。

我很恼火："你们知道时差是什么吗？"

我姐说："人在国内，就按中国的时间起床。"

"埃及时间比这边晚六个小时，现在是半夜。我凌晨3点多才睡着，7点多你们就过来叫早，好困，我还要睡。"我抗议道。

然而第二天早上，牛牛又是7点多就过来叫我起床。

我姐说："牛牛，不要管她，让她自己的爸爸管。"

牛牛马上跑去找我爸："外公，外公，快叫她起床。"

只听我爸缓缓地说："算了，牛牛，别管她，随她去。"

我内心暗喜，可以多睡一会儿了。

但是，根本睡不着。

牛牛做任何一件事，都像在昭告天下。每个重大行为，他都要宣布，声音干净响亮，家里每个人都听得见。

我观察了半天就明白了，牛牛的官宣表明的是一个积极的态度，就算有些事情做得不好，但态度很好，我姐就不管他了。牛牛呢，则争取到了玩游戏的时间。

譬如，吃饭前，牛牛会大声发出通告：

"妈妈，我肚子饿了。"

我姐就加紧做饭，不去过问作业的完成进度，牛牛就可以多玩一会儿。

等饭菜摆上桌，我姐叫他出来吃饭，他朗声回答：

"好的，马上出来。"

牛牛答应得又脆又甜，说"好的"时，有一种"啊……要开饭了好开心好开心"的感觉,但其实还是他的缓兵之计,起码又要拖个几分钟才放下iPad出来。

做作业和吃饭一样,照旧官宣:

"妈妈,我做完作业啦。"

"我要开始练习萨克斯啦。"

眼跟前的小学生,在房间里跳来跳去的,一会儿朗读,一会儿做题,一会儿练习乐器,一会儿写钢笔字。其间,他还要喝饮料、玩手机iPad,看英语电影。一天待下来,我不仅睡不了懒觉,还老觉得神经紧张,不做点什么就莫名心慌。以至于牛牛临帖的时候,我也会要过他的本子写几笔。

写字帖时我问他:"有什么作业?快快拿来,我帮你做。"

"不用。"牛牛拒绝得很干脆。他依旧执着地每做完一项作业就官宣一次。

我对我姐说:"你们又不是新闻发言人,不必每件事情都要大声宣布吧?"

我姐说:"我也不想那么大声,但牛牛就是不自觉,抱着iPad就想玩游戏。"

尽管新闻发布会时时在开,但生活并不总是主旋律。牛牛总想争取更多玩游戏的时间,却时时落败,我姐说他,他顶一两句就不说话了。换作我说他,他就翻白眼:"凭什么管我?"

我马上拿出令牌:"你作业写完了吗?又在玩游戏了。"

牛牛的眼睛翻得都看不见黑眼珠了。

生气归生气,到了晚上,我俩又悄悄商量吃宵夜。我发现,用煲汤的陶瓷煲煮方便面比铁锅煮好吃很多。另外，为了减少牛牛进食方便食品的分量，我每次只煮一包方便面两人分食。因为量少，更觉美味。

吃完宵夜，牛牛再次官宣："妈妈，我睡觉了。"

其实，他洗漱完到真正上床睡觉，至少是在半小时之后。我们都知道他睡前会玩游戏，但只要不过分，就不点破。

一天往往要到晚上10点以后，才慢慢安静下来。这时我才打开电脑看看自己想看的电影，一看就过了12点，导致第二天再次被牛牛反复地叫早。

和小学生一起宅在家，一天过得很快。如果不是比牛牛多了一点社会阅历，这届小学生还真的很难hold住。

过了一周紧张有序的日子，恢复上班后，我收拾物品回家了。

比起大家在一起抱团取暖，自由也不可或缺，虽然这样少了亲人在身边的安心感。可是在我姐统一安排的生活下，时间长了，束手束脚，失去了独立思考的乐趣。

我和大多数人一样，渴望待在一起，同时又身处别处。

上了两天班，接到牛牛打来的电话："猜猜我是谁？"

我故作惊讶："你是我姐的同学？找我有事吗？"

牛牛在电话那头笑了："我是牛比西斯啊，下班过来吗？晚上煮方便面。"

从埃及回来后，我给牛牛取了一个新的外号，叫牛比西斯一世。牛牛说他以后并不想生小孩，不会出现牛比西斯二世，那么只能叫牛比西斯了。

牛比西斯约我，到底去还是不去呢？

能上班太好了

广州这两天的天气真好,上午回到办公室,打开窗户通风,对面灰白色大楼在阳光的照射下,成了暖灰色。

我上班的大厦是旧楼,可供临时停车的车位只有几十个,旁边的住户也会过来停车。我们下班时间走,他们下班再停进来,一出一进,虽然车位紧张,但也勉强保持着平衡。有时来晚了没有位,我就把车停在一墙之隔的大学,步行只需几分钟,也很方便。

但今年春节后,大学校门封了,不准校外车辆入内。我们这栋大楼的停车位更紧张了,早上不到8点就满了。问过保安,保安说有些车从春节起就没挪过窝。

有一位卢姓同事,上周开车回来转了几圈找不到位,只好开回家,然后再步行一个多小时回来上班。

上周二,我也没找到车位,想着路口有个中医按摩馆,一时半会复不了工应该可以停车。开过去一看果然大门紧闭,门口一排停车位都是空的。刚想泊进去,跑出来一个戴着口罩的中年男人,语气冷淡:"这里还没开门,不能停车。"

生意难做啊,我一言不发,把车开走了。

继续往前开,发现一小区的户外停车场还开着,赶紧开进去停下了。刚停稳,走过来一个年轻敦实的保安,问我是不是小区业主。

好不容易找到停车位,怎么能轻易放弃?我诚恳地请求他让我暂时停一次。保安犹豫了,测了我的体温,没有发烧,交代我下班一定要过来交费开走。

步行回单位时遇到同事,她说她把车停在更远的一个月子中心,停车费一小时八元,一天就要七十元,太贵了,想坐地铁回来上班,可又担心地铁上人多。

而常坐地铁的同事,都尽量改坐公交车上班了。和我一个办公室的同事说,父母已经把两个孩子接走了,担心他天天出门带细菌回家。同事又说,难怪好多人不生小孩,十多年来第一次可以安静地在沙发上躺着,什么也不用做,好舒服。

除了找停车位,测体温也是每天如临大考的一件事。只要一出家门,小区门口、办公楼入口,都有工作人员举着红外线温度计在等着。开车出快速路口要测,停车要测,坐公交车要测,去超市买菜还要测。每当有人手持体温"枪"指着我的脑袋,近到只有一厘米,"叭"的一响,我就觉得脑门发麻。当微弱的自己被强有力的检测包围,心安的同时,又有一种被冒犯的感觉。

刚回来上班的前几天,我的内心充满了怨念。银行都实行弹性上班制了,我们却天天戴着口罩,一早就赶着出门。上了几天班后,内心的抗拒才消失殆尽,因为每天早睡早起,重回规律的生活，人精神了许多。另外，我发现戴口罩的好处很多，除了能挡住细菌之外，还能挡住自己的脸，这一点开会时特别有用，就是在口罩里面撇嘴别人也看不见。真希望疫情结束以后，还可以继续戴着口罩开会，毕竟有很多时候，我们都不想看见彼此的脸，这样于公于私，办事效率都能高一些。

写到这里，我仍在犹豫这些小事值不值得写出来。相对不能出门、必须禁足的人，相对已经失业、没有收入的人，相对那些仍然在病床上挣扎着的人，这些事情显得那么微不足道，如果还要抱怨就太矫情了。

今天广州的阳光依然很好，我顺利地通过了几道体温关卡，坐在了办公桌前。再一次，我被幸运眷顾了。

复工后的这些天，我常想起17年前的香港。

那是2003年，SARS过后不久。那时候的香港，还没有从SARS的打击中恢复。我们办公大厦的一楼有一间旅行社，借势推出了特惠香港游。同事阿敏和我都心动了，一起到旅行社报了名。优惠的价格我仍然记得很清楚，六百八十元一个人，含去程的火车票和两晚酒店住宿。之后我去过数次香港，再没有用这个价格住过这间五星级的酒店，所以至今难忘。

那次我们住的是万丽海景酒店，晚上坐在窗边往下看，维多利亚港灯火璀璨，SARS曾肆虐的阴影都不见了。

我们向往的香港第一站是海洋公园，先看海豚表演，然后坐"跳楼机"。"跳楼机"是垂直过山车的俗称，游客们坐在一个大圆盘上，慢慢升到高空，然后突然垂直下坠，恐怖程度令年轻时的我们心心念念了很久。

那天去海洋公园的游客不多，我们在"跳楼机"前排队时，前面只排了几个十几岁的白人少年。那一年的时尚是露臀，几个少年的牛仔裤无一例外都是松松垮垮的，差一点点就要露出臀沟。

我还记得慢慢被升上高空中的情景，大海真蓝啊，一览无遗。突然，我们就掉下去了，我的泪花四溅，太吓人了。机器稳住了以后，我惊魂未定地找回自己的包，接着赶赴下一个游戏。

而那几个露臀少年，垮着裤子又在排队了，准备第二次坐"跳楼机"。他们嬉笑打闹着，金色的头发丝在阳光下透明发亮。少年们快乐的样子深深地印在我2003年的记忆中。

这些天，好多人都在讨论，疫情过后第一件事要做什么。我要做的第一件事，就是不戴口罩，在阳光下自由自在地呼吸、跳跃、奔跑。"跳楼机"肯定是不敢坐了，可是呼朋唤友，风乎舞雩，咏而归是一定要的。

疫情还没有结束，但我们知道它终将结束。身在疫区中心的人们在等，我们也在等。

荠菜饺子包菜头

广州的大叶榕是春天落叶,从开始掉叶到新芽长满树枝的十多天里,黄黄的榕树老叶打着卷儿落满了一地。清洁工都是随身携带垃圾袋扫落叶,扫一会儿就积满了一大袋。

我住的院子里也有大叶榕。二月份大叶榕刚落叶子的时候,因为新冠病毒的疫情,大家都还宅在家里。我上班上得早,胆子比较大,只要周末太阳出来了,就戴上口罩去院子里散步。

种有大叶榕的路不长,大约只有四五百米,靠近小区南边的围墙,围墙外临山,山上的小鸟时时会飞过来,啾啾地叫。有时路上只有我自己一个人,我就摘下口罩,仔细地听,想分辨出到底是几只鸟在叫。

初春的阳光软软地打在背上,我在路上来来回回地走,耳朵用力搜索着鸟鸣,但怎么听,也听不出到底是几只鸟在说话。"啾啾啾啾……",它们落在高高的树冠上,清脆地交谈着,我在树底下东张西望,好像一个傻瓜。

过完春节,到三月尾,大叶榕的叶子就落尽了,长满了一树新芽，院子里散步的人多了起来。有个胖胖的爸爸出来遛娃，一辆小车，前面坐个小的，后面坐个大的，爸爸走得口渴了，坐下来喝水，大女儿叫起来："不要喝完，给我留一点。"小的那个还不会说话，呆呆地看着。天气真是热了，大家都穿着短袖。

那天阳光很好，我也穿着短袖在院子里逛，就像一个农闲时的妇女，从院子这头逛到那头，不舍得回家。

我低着头边走边看，想挖点野菜。其实我认识的野菜有限，仅有的一点知识还是我妈教的。记得大约是小学一年级还是二年级，我妈骑自行车载着我出门，回来的路上，她把自行车停在路边，教我拔野葱。我妈说，野葱要连根拔，它的根茎比普通葱的大，有点像蒜头。用它来炒鸡蛋吃，比菜市场买的葱香多了。

我在院子里绕了一圈，还特地跑到小学生的自留地打探了一番，一根野葱也没找到。小区的中心花园给附属小学的学生隔了一块地，用来种油菜花，一个班一畦地，上面还竖了小牌子"五一班""五二班"……这个季节是油菜花开的季节了，小学生都闷在家里上网课，往年黄灿灿一片的油菜花今年一枝都没有见到，没有小学生的菜地真是非常寂寞啊。

打电话给我姐，问她网上订购的荠菜到了没有。吃不上野葱，吃一口荠菜也是好的。

我姐说，刚包了荠菜馅的饺子，快过来吃。我赶紧过去，十来天不见，我爸和牛牛的头发又长了许多。

我们女人的头发长了不要紧，把它扎起来就好了。男人的头发长了就特别明显，我爸爸的头发是天然卷，年纪大了，头发少了许多,但仍旧是有弧度的,松松地鼓着,像一棵包菜。牛牛的刘海也很长,眼睛都快要被盖住了。他们俩坐在饭桌旁,转过头来看我,眼睛在头发的阴影下一闪一闪。

我忍不住说:"我来帮你们理发吧,我的手艺可好了,以前住校,全宿舍的刘海都是我剪的。"

我爸严词拒绝:"不用。本来年前就要理发的,楼下的理发店涨到一百块,太贵了,我就想过完年再理,结果到现在理发店还没开门,不过应该快开门了。"

我转而找牛牛:"牛牛,我给你扎个丸子头吧,很酷的。"牛牛也拒绝了:"不要。"他抽空就要玩游戏,不肯为头发多浪费一分钟时间。

我只好坐下来,吃荠菜饺子。我姐买了五斤荠菜,从咸阳寄过来的,三十元,装了满满一箱。为了尽快消化掉,她包的荠菜猪肉饺子好大一个,塞满了馅。我吃了七八个就吃不动了,新鲜荠菜包的饺子香是香,就是吃多了感觉自己是个兔子,胃里塞满了草。

过了几天,打电话给我爸,问他头发怎么样了,要不要我过去。我爸说:"不用啦,理发店开门了,已经理了发了。"

我问我爸:"多少钱?"

我爸说:"八十块,还是没有以前便宜,但也要理啊。"

三月份已经过了大半,从男人的头发开始,总算都慢慢步入正轨了。

寄口罩

周日我姐打来电话:"你还有多少个口罩?先给我,我要寄去意大利。"

我说:"要不你过来吃饭吧,留一些我上班用,其他都拿走。"

拉开抽屉,我开始数自己的珍藏。自从三月中旬以来,广州的海王星辰、采芝林等几个大药店,无须预约就可以线上购买口罩邮寄到家,我好久都没有数过家里的口罩了。

二月初从埃及旅游回来,我带回八盒口罩。第二天就送出去了五盒,余下两盒给了我姐,自己只留了一盒。一盒口罩五十个,省着点用,算一算应该够了。

大年初六那天,我姐的一个好朋友发来消息,说家里一个口罩都没有,两个孩子在家学习,还得出去买菜,真是急死了。我姐挂了电话,就叫了顺丰快递,寄了一盒埃及口罩过去。

我从埃及买回来的口罩是绑带式的,虽说用起来没有挂耳式那么方便,但她们家有两个小孩,孩子的脸小,用绑带式的可以在脑袋上绑紧一些,一家大小都能用得上。

于是,我姐只余了一盒口罩,加上春节前备用的散装口罩,再除以她家的人口,物资陡然紧张了。我马上挽起裤腿下河摸鱼——加入了网上摇口罩的队伍。

我姐和我一起参加摇号,她摇了几次没中,就放弃了。而我坚持每晚8点就冲进口罩预约小程序预约。前后中了两次签,每次可以购买十个口罩,之后我就没再参加摇号了。河里的鱼就那么多,也要留一些机会给别人。

那段时间,我最喜欢做的事情,其一,出太阳的时候,在院子里散步;其二,就是数口罩。洗净手,往手上喷些免洗酒精,把口罩十个一组装进密封袋里,在密封袋上写上时间,然后一袋一袋地在抽屉里放好。有新购入的口罩,再如法炮制一番。每次拉开抽屉,数一数用了多少,还余多少,内心非常充实。家中有粮,心中不慌。

周日这天我姐打完电话,过了一个多小时,带着牛牛过来了。我告诉她,可以给她七十个口罩,包括十五个没有拆过包装的N95。

我问,怎么要口罩要得这么急?我姐解释,她有一个同学在意大利定居,正在联系同学寄口罩。国内一些小城市寄不了国际邮件了,广州还可以直邮,所以她打算先寄二百个过去。另外,也担心航线说不定哪天就断了,就直接先把家里储存的口罩寄走。

"既然要寄,就多寄一些,为什么只寄二百个?"

"同学说,她居住的城市,联邦快递或者DHL(中外运敦豪）的包裹比较快收到。我问过DHL快递公司，他们说私人寄口罩，不能超二百个，超过二百个必须提供口罩资质证书。"

接着，我姐把她同学在意大利写的日记链接发给我看。

同学名叫红鹰，在网上授课，教英语和法语，丈夫是意大利人，他们家住在意大利的Vercelli，在米兰以西五十六公里。

红鹰日记

姐姐的纸口罩：我震惊了，天啊，原来政府主张大家不用戴口罩主要原因还是货源不够！普通待在家就不用戴口罩可以理解，偶然出门和别人保持距离也可以做到，但是如果执行公务，需要大量接触公众，这没有口罩就太危险了。

3月20日：

今早刚上完早课，就听到门铃响。包裹到了，我赶紧打开一看，哇，6包口罩垫，大约10个各种口罩。

朋友这次寄给我的时候特意用毯子包着，她担心会被人截下来，物品也写着毯子。不过，我细心对比朋友发给我的快递照片和收到的包裹，发现不太对劲，总共只有10个口罩了，朋友说绝对不止这个数。

我赶紧发到家庭群，看看谁急需要。大家都欢呼起来。姐姐说：都说家里最好要有律师或者医生，现在家里最好要有中国人！终于有口罩啦！

3月27日：

我的朋友们先后看到我的网络直播，知道了意大利的最新情况，不少朋友马上说我给你寄两百个。我说，我自己不太出门，不用给我寄，关键是我想征集一些口罩帮助我身边的朋友们。现在这个时候，多一个口罩就意味着多一份安全甚至生命。

我姐说，收到国内寄来的口罩，红鹰都是两个两个地送给邻居急用。还有医生问红鹰要口罩，因为当地医院缺乏医疗物资，工作非常艰难。

确实，看到上面这张纸口罩的图片，令人心酸。我拿出给自己备用的两个N95口罩，递给我姐："都寄走吧，我也不留了，N95医生能用上。"

这两个N95口罩，我用密封袋装好，放在上班的包里，随身携带，以备不时之需。已经背了快一个月了，不时之需一直没有出现过。

吃完饭我姐就回家了，一个住在番禺的同学寄了二十个N95过来，她得回家收邮件。

周一（3月30日）下午，我姐打电话给我，说二百个口罩已经寄去意大利的Vercelli了，其中有六十七个N95，运费花了七百零八元，大约六天左右红鹰就可以收到了。

三月份以来，随着新冠疫情在意大利及欧洲暴发，我每天都会刷微博看看海外疫情。

有一天晚上睡觉前，刷到这样一则欧洲疫情日记：

新浪微博—瑛晗法国

朋友的邻居在一家专门提供临终陪伴服务的养老院,她那里的病患,生命所剩无几,其中有位老太太,她儿子天天来给她喂饭,老太太糊涂了,但仍认得自己的孩子。现在禁止探视令下达,目的是阻止病毒蔓延。儿子不能再进去,老太太也见不到儿子,双方都很难过。特别是老太太,她不明白发生了什么,怎么儿子不来了,习惯一下被打乱了。邻居很难受,她说很多人会在接下来的时间里离开。

这则消息我反复看了几遍,想到那些直接或间接因为新冠疫情独自踏上死亡之路的人,他们内心的孤独和恐惧没有人可以分担,就这么孤零零地离开了,我的眼睛不由得湿了。

这两个月,从国内到国外,新冠疫情造成的人间惨剧令人目不忍睹,我能做的只有保护好自己,不要感染,不要给别人添麻烦。回头想一想,心里也感谢有这么一个机会,可以捐口罩去意大利。虽然数目不足挂齿,只能发出一根火柴那么微小的光亮,但它帮助了我,减轻了我作为幸存者的内疚感。

被春天唤醒的人

三月的一个周日，上午9点多钟，我下楼扔垃圾，路过大门口的保安亭，门口值班的是保安小郑。小郑穿着白色的连体防护服，正在整理快递。自从疫情实行封闭式管理之后，快递就不能进小区了。小郑看到我，冲我点点头："你住的那栋楼有人在吵架。"

顺着他手指的方向，驻足倾听，真的听到了激昂的吵架声。二楼的楼层低，两个人的怒火似乎都随着声音传到路边了。

我问小郑怎么回事，他告诉我，说是两夫妻因为管教孩子的事情吵起来了。

咣咣咣，一个气愤的男人说了一长串话，咣咣咣，一个气愤的女人又说了一长串话。人愤怒时发出的声音有一种金属质感，听起来像一幕刺耳的话剧。

自春节过后，院子里一直很安静。突然冒出来咣咣咣的吵架声，好像树林深处两只扑棱着翅膀的鸟儿在互相攻击，散发出一种别样的勃勃生机。

我听了一会，听不清他们在说什么。要是吵架的人在阳台上直播就好了，闲人如我，就可以像观赏院子里的植物一样，击节叹赏。

三月已尽，院子里的大叶榕长满了绿色的叶子，叶片的颜色随着温度的回升一天天变深。围墙上的牵牛花，和我小时候住的院子里开的牵牛花一个样，有着紫色的花蕊。清明前，它们也完全盛开了。

在这个院子里住了十来年，每到假期，就想着去别处玩，从来没有注意过牵牛花是哪天开的。也许之前也有看到过，但没有仔细端详过，一颗浮躁的心是什么都看不见的。

今年的疫情，让生活慢下来了，我们不得不把注意力从远方收回来，放到近处和自己身上。

该如何安排自己和生活，其实可以学习我们祖先采用的方式。他们把一年分成二十四个节气，与时消息，跟随天地的节奏来生活。"雨水"之后，草木随阳气的上腾而抽出嫩芽，提醒人们要开始做规划了；"惊蛰"时节，春雷乍动，就是告诉人们，去听世界的声音，别再装睡啦。

当我们停下脚步，和自然产生了有机的联系，不再像上了发条的机器一样不停地扩张，这才算真正掌握了自己的时间吧。

美国哲学家乔治·桑塔耶拿有一句名言，I have a date with spring（我和春天有个约会）。那时，他在哈佛大学任教，有一天授课时，听到窗外一只小鸟在鸣叫，桑塔耶拿听呆了。他对学生说："对不起，同学们，我和春天有个约会。"然后他放下课本就走了。后来,他离开美国去了欧洲。

和桑塔耶拿被唤醒一样,我也被春天唤醒了。

当一个人真正感觉自己处在自然之中,原来这么奇妙,又充满生机。

这个清明假期有一天没下雨,我又下楼去看牵牛花,还好,它们还在。雨后的空气清澈干净,我打开手机,放了一首好妹妹乐队的《流浪春天的侧记》,路上没人,我不由得跟着音乐唱了起来。

以前特别看不惯拿着手机外放歌曲的人,嫌他们的歌不好听,嫌他们扰民。特别是去白云山爬山的时候,一路上,放歌和唱歌的人都不少。碰到用手机放歌的人还好一点,遇到提个小录音机放歌的,喇叭质量又不好,令人不禁加快步伐,赶紧逃离现场。

但是那天,空气如此清新,牵牛花开得正好,青春做伴白日放歌,确实是人生不可多得的乐事啊。

我刚唱了一节,发现前面路上多了一个大叔,赶紧闭上嘴关掉手机音乐,转换频道默默走路。

大叔是从另一条路上拐过来的,肩膀一晃一晃的,也在唱歌。我远远地停下脚步,听他在唱什么:

歌声远琴声长,
草原上春意暖,
鸿雁向苍天,

天空有多遥远,

酒喝干再斟满,

今夜不醉不还……

大叔边走边唱,似入无人之境。这也是一个被春天唤醒的人哪。

我们的饭碗

一年已过去一大半了,好像什么也没做成,有些烦闷。一天,路过单位的图书角,一瞥之下,发现多了许多童话书。问同事,答曰:"这个书架是广州图书馆的流动点,过一段时间换一批书。"

确实,今年的情况如此特殊,也许只有童话能洗净我们的心灵了。

我在《皮皮鲁和幻影号》以及《哈利·波特》等书的缝隙中居然看到了一本余世存的《安身与立命》,于是把它带回了办公室。

这本书写的是民国时期的代表人物,比起立命,我对他们如何安身更感兴趣。如作者余世存所言:"从谋生和理财来写一个传奇人物的并不多见。"

比如,有一篇是《康有为:谋国不成,谋家有成》。

"康有为家的祖屋在广东南海县丹灶苏村,一套八十来平米的房,一直住到三十多岁。四十岁前,才在广州花埭买地建了一个别墅,加上曾祖父在广州购置的'云衢书屋',算是在大城市有了两处房产。"

"然而四十岁以前,康有为开始了流亡生涯,家产被抄没了。直到五十六岁民国广东政府才发还给他。五十八岁时,康有为把广州的房产变卖了,到上海炒地皮,获利颇丰。晚年的康有为不仅在上海建有别墅,在杭州青岛等地都有别墅,据说占地分别为十五亩、三十亩和九亩。"

"除了炒地皮外,康有为是书法大家,他的润笔费每月在一千银圆左右,合今人民币五万元左右。"

"有人说他有过'以国为家'的阶段,也有过'以家为业'的晚年。不管后人如何评说,毕竟康有为养活了一大家子人,有人帮康家算过账,自家人加上来康家的门生故旧和食客,以及为仆人支付的工资,康家一年大约要花掉两万银圆,合今人民币百万元左右。"

"这么阔绰的老年生活,不仅仅是体面两个字形容得了。比起当今的富豪,康有为的晚年,更让人高山仰止。"

又比如,书中另一篇《鲁迅:一要生存,二要温饱》。

"鲁迅一生受气,多跟钱相关。"

"为了解决温饱,他三十一岁时进入了教育部做'公务员'。而为了增加收入,1925年前后,最多的时候他到8所学校兼课。"

"据说鲁迅曾'跑着去领工资',又说鲁迅为'索薪'参加游行被警察打落了'门牙'。"

"1927年夏天,鲁迅对朋友说:'我想赠你一句话,专管自己吃饭,不要对人发感慨。并且积下几个钱来。'"

"1928年夏天,鲁迅对一位朋友说:'处在这个时代,人与人相挤这么凶,每个月的收入应该储蓄一半,以备不虞。'"

"一直到四十六岁,鲁迅才决定脱离体制,专事独立写作,这时他的文字收入和版税足以让他过上现今高级白领的生活了。"

这样为了生计所苦的鲁迅才写得出"说什么都是假的,积蓄点钱要紧"这样体己的话啊。

鲁迅说(出自鲁迅文集《华盖集》中的《忽然想到》):

"我们目下的当务之急,是:一要生存,二要温饱,三要发展。苟有阻碍这前途者,无论是古是今,是人是鬼,是《三坟》《五典》,百宋千元,天球河图,金人玉佛,祖传丸散,秘制膏丹,全都踏倒他。"

这段话适合印在卡片上,人手一张。

那天和朋友聊天,说起去年,当时我们都以为这是最差的一年,过了一年再看,去年却是近来最好的一年。

疫情以来,食堂取消堂食,中餐都是盒饭供应,我们每天中午12点去食堂取盒饭。从七月开始,为了减少环境污染,食堂通知我们自带饭盒过来打饭。

同事们从家里带来的饭盒各式各样,有像我这样,把家里的旧饭盒拿来一用的,也有从网上订购专业饭盒的。更有图省事的,直接拿一个不锈钢碗过去接饭菜的,最厉害的一个同事,天天拿个塑料袋过去打饭。

这段时间,我把饭从食堂打回来,慢慢吃完,再认真地洗干净饭盒,控干水,放好,准备明天再用。这是我的饭碗,可是不能怠慢的。

来，关心粮食和蔬菜

最近，我对自己的满意之情溢于言表，忍不住想请一起长大的老同学来家里吃饭。囿于疫情，老同学婉言谢绝了。我内心有点遗憾，按下了想露一手的小心思。

之前，我长期吃食堂，不仅不擅长做饭，冰箱还经常是空的。但今时不同往日，我家现在的冰箱，色彩斑斓又营养丰富。冷藏室存有土豆、青椒、蜜瓜、苹果、丑柑、雪梨，里面的瓜果蔬菜放上一个星期也不会坏。上周我姐过来我家，打开冰箱惊呼："你把自己照顾得真好啊。"

其实我姐没看到，重头戏在冷冻室，除了卤好的牛肉，还有四盒虾。这是同事阿敏联系的渔家，出海捕捞后直接急冻，当天寄出，隔天就能收到。其中有种海杂虾个头不大，不是每次出海都能捕得到，靠碰。这种虾味道特别鲜甜，价格也不贵，现在成了我的拿手菜，请家人吃过两次了，总是第一个被光盘。

冰柜里，我还存了一盒急冻的新鲜鲍鱼，上次用这种鲍鱼蒸粉丝，牛牛几乎吃了半盘。我自己倒没吃多少，做饭的人心思不在吃上,全在别人的脸上。我一直等待着牛牛的赞叹声,可惜他啥都没说。唉,小学生的礼仪课里应该加一条,每尝一道菜,都该夸张地表达一下内心的欣赏之情。

以前,我从来不参加同事团购群,至多买点肉丸以备不时之需。今年春节后第一次加入海鲜团购,简直像打开了一个新世界,每次可供购买的海鲜以及鱼干居然有六十多种。由于直接向渔家购买,省略了中间环节,大家再分摊掉邮费,算下来价格还是实惠的。

最近猪肉有点贵,有次卤了个猪肘子,不到两斤,一百多元。而六头鲜鲍一斤才五十六元。现在连同事中的北方人也开始学习做海鲜了。每到收海鲜的日子,当天晚上,阿敏就会接到同事的求助电话,甚至还有求救视频:"怎么办,怎么办,这个是虾肠还是虾膏?"

阿敏说,上个月新人加入得多,一个晚餐要指导多次,连饭都吃不好。这个月就好多了,偶有不明白的,就发图片和视频过去,让他们自己琢磨。我做的一盘虾也保存在阿敏的手机里,作为错误示范。

那盘虾是第一次团购时买的,选的大狗虾,一斤只有五只,平均二两一只。这种虾个头大虾膏足,蒸之前一定要去除虾肠。那天晚上我剪开大狗虾的后背,挑掉虾肠,蒸熟,拍了张照发给阿敏。她看了后,马上指出,虾肠还是没挑干净。阿敏用箭头在图片上做了标注,发在同事群里,免得他们重蹈我的覆辙。我微弱地抗议:"你能不能发另一张图片,那张拍出来的虾膏显得多?"阿敏说:"确实,他们看了都说,怎么你拿的这盒,虾膏这么多,把虾肠的事都给忘了。"

休息日再也不做外出的打算,时间仿佛多出来了。早上起床,感觉所有的时间都是自己的,好满足。有时哪怕一天只做了一个菜,因为专注,内心也变得沉着了。

这段时间,我常常想起之前看过的一本日记《在西伯利亚森林中》:"烹饪食物,照料身体,就像把拥有任何点滴幸福的可能性赋予了自己。"

日记的作者是法国记者泰松,他曾在西伯利亚的小木屋度过了六个月的隐居生活。他说:"砍柴,钓鱼做饭,大量阅读,在山间行走,在窗前喝伏尔加。"

"静止的生活为我带来了从旅行中无法获取的东西。"

"可笑的是,决定在木屋生活时,我们想象自己在蓝天下抽着雪茄,迷失在沉思中,最后却发现自己在后勤记录簿上的食品清单前打着钩。生活,就是柴米油盐。"

我已接连两周邀请我姐一家过来吃饭了,牛牛除了在家上网课,也没别的地方好去。

上周约牛牛,其实我是有预谋的。据说最近国外的超市里,连鸡蛋都在抢购之列。而且饰演蜘蛛侠的演员荷兰弟也开始养鸡了,他在视频上说,"要在源头上解决问题"。

前些天,我问过住在墨尔本的朋友情况怎么样。她说鸡蛋还好,就是厕纸快用光了,只余五卷,她们家准备装个水洗装置,节省厕纸。她提醒我,要存点粮食。

略作思考，我买了二十斤米五斤面粉，作为我的储备粮。粮食和肉菜一样不能多买，放久了会变质的。

记得小时候，我妈支开小孩的方法之一就是："去看看母鸡下蛋没有。"小时住的单位宿舍，每家都另外分了一个堆杂物的小平房，我妈在里面养了几只鸡，捡鸡蛋就像寻宝游戏一样，让我们这些小孩子乐此不疲。

所以那天，我特地问牛牛：

"牛牛，你叔叔工作的农场养了鸡吗？"

牛牛欢快地回答："没有养鸡，只养了两只狗。要不要看狗狗的照片？"

"呃……好吧。"狗又不会下蛋，我才不想看呢。

想通过牛牛帮我要几只鸡来养的计划，看来是行不通了。

我告诉我姐，我储备了二十五斤粮食。我姐很不屑："我们这边粮食多得很，一点都不用担心。"

本来我姐是不以为然的，但近日各大媒体都发了消息"我们不缺粮"。越强调不要抢购，反而越加深了我们对粮食的印象。最后，我姐也沉不住气了。昨天，她买了三袋米。

而我，这周又订购了海虾和扇贝，打算周末做给家人们吃。